Hanna Krall

# Rosa Straußenfedern

Aus dem Polnischen
von Bernhard Hartmann

Verlag Neue Kritik

Die polnische Originalausgabe erschien 2009 unter dem Titel »Różowe strusie pióra« im Verlag »Swiat Ksiazki« in Warschau.

Der Verlag dankt dem »Book Institut – the ©POLAND Translation Program« für die Förderung der Publikation.

INSTYTUT KSIĄŻKI
©POLAND


Umschlag Barski & Hüneke unter Verwendung einer Fotografie von Maciej Rusinek
Druck TZ-Verlag & Print GmbH, Roßdorf
ISBN 978-3-8015-0400-7

Dies ist ein Buch über das,
was mir Menschen
in fünfzig Jahren
schrieben und erzählten.

# 1960

JADWIGA K., Buchhalterin

Sie schreibt ins Spital, in die Geburtsklinik. Sie sendet mütterliche Grüße, Segenswünsche und Fisch auf jüdische Art, *Dein Töchterchen soll ihn mit Deiner Milch aufsaugen (der Fisch ist nicht gepfeffert), möge es Eurer Gesundheit dienen.*

# 1962

MARIA P., eine Freundin
Über ihren Mann

Sie hat erfahren, dass er ernstlich krank ist. Der Arzt sagt, man werde tun, was man nur könne, *das ist alles, sonst war nichts.*

# 1963

## MARIA P.
## Über den Mann

Man hat getan, was man nur konnte. Jetzt heißt es, zusehen und abwarten. Das ist alles.

## B. R., Journalistin
## Über das Leben

Sie war auf Luśkas Hochzeit. Der Verlobte – ein Winzling. Geschieden. Aus Posen. Assistent am Lehrstuhl für Marxismus. Nutriazüchter. Luśka im Spitzenkleid.

Sie war bei Aśka. Hat die Nähmaschine Marke Łucznik bewundert.

Sie wurde für den Austausch mit »Wetschernaja Moskwa« vorgeschlagen, der *glawnyj redaktor*, der Chefredakteur, wird die Angelegenheit persönlich entscheiden (er sitzt in einem großen Büro, an einem Danziger Schreibtisch, mit schwarzen Ärmelschonern, wie verlässliche Quellen berichten).

Sie hat auf dem Trödel einen Rock gekauft. Handbemalt, eine richtige Glocke, einfach irre. Sie wird damit nach Moskau fahren.

R., Redaktionskollege und Vorsitzender des Klubs der Sejm-Reporter, hat darüber berichtet, dass keine Journalisten zu den Kommissionssitzungen zugelassen werden. Er wurde ins ZK einbestellt und gefragt, ob er nicht zufällig sein Amt niederlegen wolle. Zufällig wollte er.

Der Genosse *glawnyj* hat negativ entschieden. Morgen geht sie zum FWP[1] am Platz der Verfassung, vielleicht bekommt sie eine Zuweisung.

Sie war bei …

1 Fundusz Wczasów Pracowniczych – Arbeiterurlaubsfonds (sämtliche Anmerkungen im Text stammen von der Autorin).

# 1964

JERZY Sz., Journalist
Vom Trawler »Albakora«, Telegramm aus Übersee

*haben dakar passiert stop in fünf tagen mit einer ladung makrelen in lagos stop die fischer haben anrecht auf 4 stunden ununterbrochenen schlaf pro tag stop auf dem benachbarten trawler ist ein fischer wegen der neuigkeiten von radio moskau*[2] *über die reling gesprungen stop unser funkoffizier verschweigt der besatzung dass sidło*[3] *das finale verpasst hat stop das getrenntsein unterwegs ist fast so quälend wie die abwesenheit von grün stop schreib einen langen brief nach lagos.*

MARIA P.
Über den Mann

Ja, er war für sie ein Stück trockenes Land. Sie ist froh, dass ich danach gefragt habe, obwohl sie eigentlich keine Fragen wünscht. Sie ist froh, dass ich mir vorstellen kann, was ein Stück trockenes Land ist. Sie soll etwas für jemanden tun, hat aber vergessen, für wen und was. Sie hat

2 Gemeint ist die Nachricht vom Wechsel an der Spitze des Zentralkomitees der Kommunistischen Partei der UdSSR: Chruschtschow wurde von Breschnew abgelöst.
3 Jacek Sidło, Speerwerfer, bei der Olympiade in Tokio.

in den letzten beiden Jahren Dinge erfahren, von denen sie nichts wüsste, hätte es diese Jahre nicht gegeben, nur warum muss sie all das unbedingt wissen?

H. K., operativer Offizier
Über einen erledigten Auftrag

*Hatte ein Treffen mit IM »Jan Radzicki«. Er berichtete mir, dass er von den Aufgaben, die ich ihm übertragen hatte, eine teilweise erledigt hat, d. i. bezüglich Krall Hanna und ihres Ehemannes. Zur näheren Kontaktaufnahme mit den Zielpersonen suchte er sie in ihrer Wohnung auf, wo er o. g. fotografierte. Er berichtet, dass ihre Wohnung sehr bescheiden eingerichtet ist, man sieht nicht, ob sie über größere Summen verfügen. Sie leben auf durchschnittlichem Niveau. Während seines Besuchs gelang es »Radzicki« nicht, das Gespräch auf politische Themen zu lenken, die eine Charakterisierung der Zielpersonen erlauben würden.*

# 1965

S. L., operativer Offizier
Über das Studium von Fremdsprachen

*Ich brachte das Gespräch zu Beginn auf den Sprachkurs, zu dem die Genannte für einen Monat nach London gereist war…*

*Dann fragte ich, ob sie Interviews geführt oder entsprechende Pläne hätte, und wenn ja, mit wem. Gen. verneinte (und verfasste eine schriftliche Erklärung)! Nach dieser Antwort und Entgegennahme der Erklärung fragte ich sie, woher sie General Sosabowski, den Komm. der Brig. der »Leisen Dunklen« kenne und zu welchem Thema sie ihn habe interviewen wollen. Die Genannte erklärte ausführlich, sie habe diesen Sachverhalt vergessen. Sie wollte dann die zuvor abgegebene Erklärung entsprechend ergänzen. Sie versuchte mich dann davon zu überzeugen, dass sie nicht unkorrekt gehandelt habe.*

# 1967

LESZEK K., Professor, Philosoph
Über das Leben[4]

Man sollte davon ausgehen, dass jede Situation, in die wir geraten – die bestmögliche ist. Man sollte Marc Aurel lesen, dessen Lektüre er jedem sehr empfiehlt. *Wenn man wissentlich Unmögliches verlangt, gibt es keinen guten Ausweg mehr. Trotzdem ist das Leben nicht nur schrecklich, uns begegnet ja immer wieder auch Gutes oder sehr Gutes, und wenn wir stur darauf beharren, einen Sinn zu finden, dann sind wir eben selbst schuld.*

4 Leszek Kołakowski wurde aus der Partei ausgeschlossen und von der Universität Warschau relegiert, kurz darauf verließ er Polen.

# 1968

ANONYM
Darüber, dass es reicht

*Der Bürgerin H. Krall*

*… muss man wie tausenden anderen Juden sagen: »Nun, bezeugt, dass ihr loyal seid, nun, vergesst nicht, dass ihr uns euer Leben verdankt.« Die Polen … haben euch Juden gegenüber eine eindeutige Haltung. Sie haben genug von euch, ein für allemal genug!! Egal wen man fragt! Verschwindet mit eurem israelischen Jahwe in euer eigenes Land, das ihr nun endlich habt! Verschwindet und lasst uns in Frieden. In der Bibel heißt es: ihr Blut komme über euch! Und genau das wünsche ich euch auch …*

# 1969

NATALIA J., Lehrerin, Hauptfigur der Reportage »Ein Stück Brot«[5]
Aus dem Gebiet Irkutsk. Darüber, dass es immer besser wird

Die Einwohner von Werschina freuen sich, dass Polen von ihnen erfahren hat.

Wenn die Einwohner von Werschina einen *wyzow*, eine Einladung, nach Polen erhalten, kommen sie gerne zu einem Besuch.

Die Einwohner von Werschina lassen fragen, woran es in Polen mangelt. Ob sich etwa eine Bärenhaut als Geschenk eignet? Der Nachbar hat gerade erst einen Bären erlegt, die Haut liegt herum, niemand will sie kaufen. Er schätzt sie auf fünf Rubel, die teuersten, so der Nachbar, kosten sieben, aber der Bruder ist gekommen und hat sie umsonst mitgenommen. Zenon Mitręga hat auch einen Bären erlegt, aber die Haut in der Taiga gelassen.

Die Kolchosbauern in Werschina haben jetzt ein noch besseres Leben. Fast jeder fünfte hat einen Fernseher, Radio gibt es überall. Der Winter war dieses Jahr kalt, minus achtundfünfzig Grad, aber seit kurzem ist es etwas wärmer. Die Einwohner von Werschina wünschen mir gute Gesundheit.

5 Die Reportage erschien in der Wochenzeitschrift »Polityka« und im Band »Na wschód od Arbatu« [Östlich vom Arbat].

# 1970

MAREK J., ehemaliger Funkoffizier
Über Gedanken

... Manchmal klingen alle Töne schrill, manchmal ist es genau umgekehrt, die Leute sprechen immer leiser, wie ein verlangsamtes Kassettenband. Ich stelle mir vor, sie hätten ein künstliches Stimmorgan, das hakt. Ein Mensch mit einer Kassettenrekorder-Prothese – haben Sie so etwas je gesehen?

Bei mir hakt das Denken. Ich sehe eine Frau und denke – was hat sie für schwarze Augen, hat sie für schwarze Augen, hat sie für ... Ich will aufhören, sage mir, ich muss das Fenster schließen, aber heraus kommt schwarzes Fenster und sie soll die Augen schließen, Augen schließen, Augen schließen ...

Das kommt von der Strahlung: Ich habe einen Radar repariert und eine starke Dosis abbekommen. Als ich aus Gabun zurückkam, wollte ich mich von der Unfallkommission untersuchen lassen, aber die Fabrik sagte, ihre Radare seien sicher. Wenn sie sicher seien, könne es keinen Unfall gegeben haben und man brauche die Kommission nicht einzuberufen, sagte man mir beim Arbeitsschutz.

Ich dachte mir – vielleicht haben sie recht? Vielleicht war es nicht der Radar, sondern eine afrikanische Fliege? Sie flog zum einen Ohr rein, durch das Gehirn und auf der anderen Seite wieder raus ... Ich erzählte das dem Direktor und er pflichtete mir sofort bei: Eine Fliege, die einem durch das Gehirn fliegt, sei nicht zu unterschätzen.

Dann dachte ich – ich habe bei einem Schamanen Dschu-

Dschu-Pulver gekauft, vielleicht hat er mich mit einem bösen Zauber belegt? Auch das erzählte ich dem Direktor, und wieder pflichtete er mir bei: Den Dschu-Dschu-Schamanen müsse man in Betracht ziehen.

Dann dachte ich – es war doch der Radar, die Reparatur hat ja viele Stunden gedauert. Wieder erzählte ich es dem Direktor, aber diesmal wunderte er sich: Der Radar? Kann das denn sein?

Ich werde nach Warschau ziehen und im Hafen von Praga wohnen, auf einem Katamaran nach polynesischem Muster, ich habe schon angefangen zu bauen. Man hat mir eine Stelle in einem Hotel verschafft, eine sehr gute Stelle, als Schuhputzer. Da kann ich nachdenken. Gerade denke ich über eine mathematische Formel für Gruppenkonflikte nach, soll ich sie Ihnen diktieren? Sie ist etwas lang, aber es ist eine wichtige Formel, sie kann die Welt vor Kriegen bewahren, warum wollen Sie sie nicht notieren?

MIECZYSŁAW F. R., Redakteur
Worüber ich schreiben soll

Ich soll mich eingehender und ausführlicher mit der Arbeiterdemokratie auseinandersetzen. Er will erklären, worum es ihm geht. Es droht uns nämlich ein Bündnis von Technokraten, Polizeiapparat und polizeistaatlichen Herrschaftskonzeptionen. Die ökonomische Logik wird sich durchsetzen und alle sozialen Errungenschaften eliminieren, die Ideologie sei nur noch Vorwand, eine Ansammlung von Schlagworten. Natürlich wäre es unklug, das Thema frontal anzugehen, ich solle die Problematik aber – auf vernünftige Weise – wenigstens anschneiden.

# 1971

JACEK S., Tierarzt
Über die Ungewissheit

... Ich habe die Sterberate des Viehs gesenkt, ich habe dem Sekretär einen Kronleuchter geschenkt, ich habe die Brucellosis bekämpft, was noch? Ich habe das Aktiv ins Restaurant »Elektron« eingeladen und Kognak spendiert. (Es zeigte sich, dass wir zu schnell tranken, und der Sekretär belehrte uns, man müsse das Glas zwischen Ring- und Mittelfinger nehmen, mit der Hand wärmen und in kleinen Schlucken trinken. Und natürlich fingen wir an, die Gläser in der Hand zu wärmen und schluckweise zu nippen, ohne Anzeichen von Ungeduld, woher denn, wir beteuerten, erst jetzt den wahren Geschmack zu entdecken.)

Der Sekretär sammelte Antiquitäten. Falls Sie zufällig eine Lampe auf dem Speicher finden ..., sagte er einmal nebenbei. Ich hatte keine Lampen, nur zwei ziemlich hübsche Kerzenleuchter, die aber leider nicht ganz mir gehörten. Das heißt, sie gehörten mir, aber sie waren von meiner Schwiegermutter, irgendwer musste ihm davon erzählt haben, und ich weiß wohl auch, wer. Einen hätte ich vielleicht hergegeben, aber als ich mir den Blick meiner Schwiegermutter vorstellte, fuhr ich gleich zu »Desa« und kaufte einen Kronleuchter. Der gefiel ihm, aber wie sich zeigte, dachte er an etwas zum Hinstellen. Ich sagte: Die Kerzenleuchter meiner Schwiegermutter kommen nicht in Frage, das müssen Sie verstehen. Er empörte sich, aber woher denn, davon ist doch keine Rede.

Ich habe ihm einen Welpen abgekauft. Mit Stammbaum, für fünfhundert. Und – wie gesagt – kein anderer Tierarzt hatte vergleichbare Ergebnisse bei Tuberkulose und Brucellosis. Und anders als die Genossen brachte ich meine privaten Pflaumen nicht in die LPG, um sie kostenlos weiterverarbeiten zu lassen. Und ich kaufte keine No-Iron-Hemden zum Sonderpreis, obwohl ich den Direktor der Städtischen HO Textil gut kannte. Und ich führte Gespräche mit Fabrikarbeitern, um ihre Parteitreue zu testen. Und ich wurde entlassen. »Unmoralisches Verhalten und Schädigung des Rufs der Einrichtung …«, einfach lächerlich. Gut, meine Frau kam ins Büro, als … die Details sind unwichtig, aber ich brachte die Situation schnell unter Kontrolle, meine Damen, Ruhe bitte, sagte ich entschlossen und trennte gekonnt die Streitenden. Wir sind alle nur Menschen, jeder strauchelt auf die ein oder andere Weise, aber ich hatte noch einen Monat zuvor Kadergespräche geführt und Einstellungen bewertet, also was, also gehörte ich doch dazu.

Hätte ich ihm für den Welpen mehr geben sollen?

Er wollte fünfhundert, obwohl ein Rassehund um die zweitausend kostet. Zweitausend? Für einen neurotischen Hund?! Es zeigte sich, dass er vor allem und jedem panische Angst hatte! Es zeigte sich, dass er keinen Geruchssinn hatte! Ich wollte ihn sofort einschläfern, aber irgendwer muss mich denunziert haben, ich weiß sogar, wer, und die Frau des Sekretärs rief an, ich solle dem Hund nur ja nichts antun.

Die Kerzenleuchter? Naja, das Argument mit der Schwiegermutter war nicht überzeugend, das sehe ich ein. Jetzt, wo es zu spät ist.

KATARZYNA Sz., Schülerin
Aus dem Ferienlager

Sie schreibt wieder, weil sie wieder bestohlen wurden. Erst wurde in die »Zwergenhütte« eingebrochen, jetzt in ihr Haus. Ihr wurden 20 Złoty gestohlen, deshalb soll ich schnell Geld schicken. Sie waren in Darłówek und haben das Meer gesehen. Sie werden einen Ausflug in die DDR machen, falls zu wenig Busse da sind, fährt die Gruppe, die den Sauberkeitswettbewerb gewinnt. Ihre Gruppe wird das wohl nicht sein.

# 1972

## MIECZYSŁAW F. R.
Über mein Denken

Er wünscht mir, dass ich mich entwickle und meiner Sicht auf das Leben eine immer größere Portion realistischen Denkens hinzufüge. Er versichert mir, dass ihn dieselben Dinge schmerzen wie mich. Mehr noch: Sie bereiten ihm schlaflose Nächte. Er möchte, dass ich ihm das wirklich glaube.

## MICHAŁ R., Arbeitskollege
Aus dem Krankenhaus

Er hat sich mit diesem stillen und diätetischen Ort angefreundet. Ständig wartet man auf etwas, auf die Blutabnahme, auf die Visite, eine Spritze, den Briefträger oder auf den Friseur, der als Leichenträger dazuverdient. Eigentlich fehlt ihm nichts außer dem Stereoradio mit den Lautsprecherboxen, der Hausbar mit dem Kognak und dem Kühlschrank mit dem Bier. Er hat ein langweiliges Buch von Hervé Bazine gelesen, in dem ein einziger bemerkenswerter Satz stand: »Er hatte fröhliche Lenden, aber ein trauriges Herz.« Urban hat geschrieben, er wolle ihm gern den Gefallen tun und zu seinem Begräbnis kommen. Er ist neugierig, ob er ein dummes Gesicht machen würde, wenn dieser Wunsch in Erfüllung ginge. Vermutlich nicht, denn man hat Urban noch nie mit einem dummen Gesicht gesehen, welch außergewöhnlicher Mensch!

# 1973

## KATARZYNA Sz.
Aus dem Winterferienlager

Die Schlittenfahrt war fein, ja, sie war warm angezogen, zwei Sweater übereinander. Beim Skifahren ist sie die Beste, so kommt es ihr vor. Sie hat Mrożeks »Szenische Werke« gekauft. Ob ich noch weiß, dass sie als Hausaufgabe über die Ferien einen Aufsatz zum Thema »Was denke ich über das Glück?« schreiben müssen. Ob ich nicht vielleicht wenigstens den Anfang schreiben kann, der bloße Gedanke daran vergällt ihr das Leben. Außerdem soll ich das Fahrrad zur Inspektion bringen, sie sollen es reparieren, putzen, schmieren, richten und blau streichen, aber nicht zu dunkel. Außerdem soll ich den Papagei füttern. Ich soll sofort dieses Blatt hinlegen und dem Papagei frisches Wasser geben. Ich soll … und so weiter.

## ANNA M., Bahnwärterin
Über Abwehrkräfte

Sie schickt mir Sirup und die Wettervorhersage für das ganze Jahr. Ich soll sie bitte ernst nehmen, denn kürzlich hat sie das Hochwasser in Mexiko und den Hurrikan auf den Philippinen vorausgeahnt, dafür gibt es zahlreiche Zeugen. Der Bahnhofsvorsteher in Trzebinia, Herr Piechowicz, der Rottenführer Brzózka oder der Elektromonteur Gibas fragen sie immer vor der Heumahd, wie das Wetter wird. Der Sirup ist für die Abwehrkräfte, aus sibirischen Tannenzapfen. Sie hat ihn aus dem Urlaub aus Werschina mitgebracht, zusammen mit einer bei Vollmond geschnittenen, mit dem Stück eines Zopfs verstärkten Rute. Die Leute aus Werschina lassen mich grüßen …

# 1974

»ROBOTNIK WARSZAWSKI«, ein Leser
Über Mut

Er kämpft allein, obwohl manche ihm heimlich die Hand schütteln und flüstern: Antoś, Sie sind wirklich ein harter Mensch. Er kämpft gegen Diebe, die vom Direktor sowie vom Betriebsrat und der Partei unterstützt werden. *Wissen Sie, ich bin 62 und ich weiß, was es im alten System hieß, arbeitslos zu sein, ich weiß, wie es sich anfühlt, wenn man Stiefel trägt und hinter einem der Abdruck der nackten Füße zurückbleibt. Ja, ich kenne das und das hat mich als Mensch hart gemacht.*

ANNA M.

Schickt die Wettervorhersage für das ganze Jahr. Fragt nach meinen Abwehrkräften.

KATARZYNA Sz.
Aus dem Sommerferienlager

Die Mädchen sind in ihrem Alter, fast alle rauchen schon und kaufen Bier. Ein Mädchen war in Garwolin zum Entzug. Sie wird eingeladen, trinkt aber nicht mit. Der letzte

Satz war überflüssig, aber sie hat ihn hingeschrieben, um mich vollends zu beruhigen. Sie hat sich im Sonderangebot einen Satz Schreibstifte gekauft, ach, es ist unvorstellbar, wie schnell das Geld weggeht.

### WŁODZIMIERZ L., Fußballer
### Über das Verschwinden

... Du hast dich im Leben fein eingerichtet, sagen sie. Hättet ihr auch gekonnt, sage ich, ihr hättet nur kicken müssen, ich habe damit angefangen, als ich vierzehn war.

Insgesamt 52 Quadratmeter, ins größte Zimmer passen eine Schlafcouch und ein Tisch, meine Frau hätte gern eine größere, seit sie Mike Englands[6] Haus gesehen hat. Mir ist das ja egal, ich habe einen Platz zum Schlafen, das ist in Ordnung. Bei England war vom Eingang an überall Glas, in den Zimmern Antiquitäten und... nun ja, der Unterschied war nicht zu übersehen.

Mir wurde klar, dass ich nicht würde spielen können und dass jemand meinen Platz einnehmen muss. Ich dachte, Andrzej macht das, und sagte ihm offen, frei von der Leber weg, Junge, komm in die Gänge, für dich wird diese WM[7] eine große Sache. Er glaubte mir nicht, er dachte, Jasio würde spielen und tatsächlich hatte Jasio die besseren Karten, weil er das Tor in Wembley geschossen hatte. Ich ließ mich nicht beirren und sagte, hör zu, Andrzej, du hast Schwierigkeiten bei der Ballannahme, arbeite daran. Das sagte ich ihm, frei von der Leber weg.

6 Walisischer Fußballnationalspieler.
7 Die Rede ist von der Fußballweltmeisterschaft 1974.

Na und Andrzej spielte, na und er machte ein tolles Tor gegen Italien, das hätte ich nicht gemacht. Nicht, dass ich es nicht gekonnt hätte. Gekonnt hätte ich es wohl, aber ich hätte mich nicht mehr getraut. Andrzej ging volles Risiko, er nahm eine Verletzung in Kauf, ich sah die Szene und dachte – hätte ich auch so viel riskiert? Nein, hätte ich nicht.

Ein Fußballer ist nur hier und heute interessant, er wird nur hier und heute gebraucht. Ich bin noch interessant. Dank meines Knies. Vor der WM wurde über mein Knie geschrieben, weil unklar war, ob ich spielen kann. Dann hieß es, ich würde wegen der Knieverletzung wohl nicht spielen, also war ich wieder präsent. Jetzt schreiben sie, dass ich wegen des Knies nicht dabei bin, aber bald ist auch das vorbei. Weder mein Knie wird dann noch gebraucht, noch ich, und ich werde langsam verschwinden.

Nein, sie rufen nicht an.

Ich rufe auch nicht an.

Sollte ich?

Ich könnte Andrzej anrufen, aber wozu, er hat unser Gespräch längst vergessen.

Gut, ich rufe an.

Besetzt… Besetzt… Ins Ausland, um diese Zeit… Na, besetzt, naja, schwierig.

Jetzt nicht mehr, jetzt konzentrieren sie sich.

Sie kommen raus…[8]

Ich kenne die anderen, ich habe mal ein Tor gegen sie gemacht. Mit dem Kopf, in der ersten Minute.

Kazio…

Lass ihn liegen, Robert soll schießen, aus dieser Entfernung nur Robert.

8 Włodzimierz Lubański schaut das Spiel Polen – Jugoslawien, Endstand 2:1 für Polen.

Gut, Robert, in Ordnung.

Lauf, Andrzej, jetzt, lauf …

Kazio, wenn er den hätte laufen lassen, na, Grzesiek aufs Bein … Gut, Grzesio … Hör zu, Kaka, lass Jurek das machen, und du, Szymek, lass ihm den Ball, na, lass ihm den Ball und lauf selbst, genau so, sehr gut …

Sie werden zurückkommen. Wir werden uns sehen. Im Verein, ganz normal, um zehn. Wir werden uns begrüßen. Ich werde sagen, hallo Alter, Andrzej wird auch hallo sagen und versuchen, so zu reden, als wären wir noch gleich stark. Wir sind es aber nicht, nicht mehr. Und wie sehr sie sich auch bemühen, wie früher zu sein, eines Tages werden wir wieder auf dem Platz stehen. Sie und ich. Und vielleicht geht es schief. Vielleicht aus ganz anderen Gründen, aber sie werden denken – na seht ihr, ohne ihn haben wir besser gespielt.

Sie waren großartig. Sie waren großartig ohne mich. Sie haben gespielt wie noch nie, bei dieser WM wurde eine neue Mannschaft geboren. Ohne mich. Werde ich da noch gebraucht?

# 1975

MAREK E., Arzt
Über einen Sonntag

*Es ist also Sonntag – ich bin um 7 Uhr aufgestanden, habe die Sachen gepackt, gefrühstückt und wollte schon losfahren, aber die ganze Zeit über nagte die Unruhe an mir. Ich wollte gerade aus dem Haus gehen – ich habe zwar noch eine halbe Stunde, aber besser, man sichert sich seinen Platz rechtzeitig. Stattdessen sitze ich in der Küche auf dem Hocker und gehe nicht. Ich habe ein Gespräch mit Dir angemeldet – das Telefon rührt sich nicht – und mich verzehrt weiter die Unruhe. Ich will gar nicht vom Hocker aufstehen. Denn die Sache ist die. Vor ein paar Tagen kam ein Mann zu mir in Behandlung, sehr krank, in den letzten beiden Tagen hat sich sein Zustand enorm verschlechtert – aber die Dinge stehen so, dass ich ihm nicht helfen kann, ich könnte also fahren. Und doch kann ich nicht fahren, denn er hat sich in meine Obhut begeben. Das Schlimmste ist, jemanden im entscheidenden Augenblick im Stich zu lassen. Und für ihn kann es schon der letzte sein.*

*Also bleibe ich hier – obwohl ich gern ein paar Tage mit Dir verbringen würde.*

ANNA M.

Schickt die Vorhersage …

FRANCISZKA S., Rentnerin
Über moderne Kunst

... Sie brachten ihn auf den Bau. Der gefiel ihm, er ging hinein, bat um eine Leiter und zog einen schwarzen Stift aus der Tasche. Er zeichnete eine Sirene. An die Wand. Alle freuten sich sehr, bedankten sich und fuhren wieder weg, nur die Sirene blieb.

Die Wohnung wurde einem Eisenbahner zugeteilt. Er sah sie sich an und sagte, erstens hätte sie Mängel, zweitens hätte er kleine Kinder und sie nackte Brüste, er nahm die Wohnung nicht und man rief mich an. Ich hatte keine Kinder und ich hatte keine Punkte – die meisten gab es für Aktivitäten bei »Społem«, aber ich war nicht einmal Mitglied, also eilte ich wie auf Flügeln, als es hieß, es gebe eine Wohnung.

Sie sagten, ich solle mich setzen. Sehen sie, sagte der Vorsitzende, das ist keine gewöhnliche Wohnung, das ist das Objekt mit der Sirene. Ist mir recht, erwiderte ich. Und sehen Sie, die Wohnung muss sauber sein, denn es können Gäste kommen. Es wird sauber sein, versicherte ich, bekam die Schlüssel, öffnete die Tür ...

Meine Liebe, was soll ich Ihnen sagen.

Das war ein Picasso.

Das war groß, mein Gott, war das groß. Ihre Brüste waren wie zwei Ballons, die Augen dreieckig, in der langen, seltsam langen Hand hielt sie einen Hammer, und der Schwanz war kurz und am Ende ganz dünn.

Wir hatten nur ein Liegesofa und einen Tisch. Der Tisch stand in der Mitte, das Sofa an der Wand, der Hammer schwebte über unseren Köpfen, und wenn wir aufwachten, sahen wir ihre Augen, die noch seltsamer waren als die Hand und der Schwanz.

Als erstes kam eine Reisegruppe aus China – sie besichtigte die Siedlungen der polnischen Arbeiterklasse. Nach den Chinesen kamen Bergleute – feierlich, mit Federbüschen. Danach Bestarbeiter aus der Textilproduktion. Ich war höflich, ich wusste, ich repräsentiere unsere Hauptstadt, aber in mir kochte es. Zumal, wenn ich mir die Schuhe ansah und mir ausrechnete, wie viel Dreck ich an diesem Tag heraustragen würde.

Der Sejmmarschall kam zu uns. Und ihr, Genossen, fürchtet ihr euch nicht so ganz allein mit ihr?, fragte er im Flur. Bierut kam, schaute – und sagte nichts, kein Wort. Herren vom Ministerium kamen, maßen und tauschten Meinungen aus. Könnte man es mit dem Putz abnehmen? Hm, nein, er ist zu dünn. Verglasen? Hm, nein, das würde der Rahmen nicht tragen …

Sie gingen uns auf die Nerven. Wir holten den Maler. Der Maler nahm einen Eimer mit Seife.

Erst als er gestorben war und man vom Streit zwischen seinen Kindern hörte, dachten wir – vielleicht war es doch falsch …? Wir hatten dabei das Gemeinwohl im Sinn, denn die Sirene war ja staatlich und wir hätten nichts davon gehabt, wie wir auch für den zerschlissenen Teppich keinen Groschen bekamen.

Wieder kamen die Herren vom Ministerium. Mit Apparaten und durchleuchteten die Wand. Ich sagte, meine Herren, sparen Sie sich die Mühe, das war ein guter Fachmann, einer von vor dem Krieg, und gute Kernseife.

# 1976

JERZY Sz.
Über vorübergehende Schwierigkeiten
(Zettel auf dem Tisch)

*Liebste Gattin, lass dich nicht unterkriegen, wir haben schon ganz andere Dinge überstanden, wir haben die Schwindsucht überstanden, die Wawel-Straße und den Verlust unserer Tulpenzwiebeln. Das Buch wird irgendwann herauskommen, das verspreche ich Dir. Vorerst gehe ich die Pferde unserer Tochter bezahlen und den dritten Band der Enzyklopädie kaufen. Ja, dein Buch*[9] *ist fern, aber die Familie ist nah, vielleicht ist das gar nicht so schlecht.*

KATARZYNA Sz.
Aus den Ferien

Sie ist in Krakau, schläft auf dem Campingplatz. Krzyś und Skucio, Bekannte von der Hala Gąsienicowa, hatten Prüfungen an der Jagiellonen-Universität, Krzyś in Mathe, er bekam eine Eins und hat ihnen in der Jama Michalika ein Eis spendiert. Abends waren sie in »Yvonne« …

9 Es geht um das Buch »Szczęście Marianny Głaz« [Das Glück der Marianne Głaz], dessen Druckfahnen auf Anordnung der sog. politischen Führung vernichtet wurden.

JAN C., ehemaliger Grundbesitzer
Über zwei oder drei Tage

... Den Gutshof haben sie uns bei der Landreform weggenommen, aber das Silber konnten wir vergraben. Es war »Gutsvermögen« und gehörte dem Fiskus, nur wusste ich, wo sich mein Nichtbesitz befand, während der aktuelle Besitzer – der Fiskus – keinen blassen Schimmer davon hatte.

Ich ging zu einem Anwalt. Ich sagte: Ich zeige den Ort, wenn ein Teil für mich ist und der Rest für das Schloss. Der Anwalt ging zum Kulturministerium. Nach ein paar Wochen fuhren drei Nysa-Busse aus Warschau los – mit Herren vom Ministerium, Miliz, Arbeitern, Schaufeln, Hacken und einer großen Kiste. Sie hielten vor dem Schloss (heute ein Berufsschulkomplex), die Herren vom Ministerium sagten: Corazzi-Stil, ich sagte: Man muss zwei Linien ziehen, eine vom Kellerfenster aus, die andere vom Bogen über dem Gewölbe, und die Stelle markieren, wo sie sich schneiden. Sie markierten den Schnittpunkt. Begannen zu graben.

Alles wurde ins Museum gebracht und auf Tische gelegt. Kunsthistoriker nahmen die Vasen in die Hand, die Schüsseln, Leuchter, Krüge, Tabletts, das Besteck ... Sie sagten – später Radke. Oder – früher Werner. Oder – Quadratfuß neunzehn mal neunzehn. Ich ging nicht zu ihnen hin. Ich lehnte an der Wand und versuchte mich zu erinnern, wo welcher Leuchter gestanden hatte und wann ich zum letzten Mal mit diesem Besteck gegessen hatte. Ich war ein bisschen unruhig, weil ich durch diese Reisen, diese Museumsgeschichte, mit der Arbeit in Rückstand geriet. Ich mache Christbaumkugeln und Damenschmuck – Medaillons mit dem Konterfei von Niemen oder Inspektor Columbo, Halsketten aus gestanztem Blech und Kreuze mit tschechischen Strasssteinen, künstlichen Brillanten.

Die alten Bekannten interessieren sich sehr für die Geschichte. Sie besuchen mich, fragen nach dem Anwalt. Einer fragte, wie sich meine Bauern nach der Landreform verhalten hätten. Normal haben sie sich verhalten: Sie kamen angefahren und fragten, warum sie schlechtere Ernten hätten als ich früher. Ich erklärte ihnen, tiefer pflügen, Leute, die Pferde nicht schonen, diese Erde will tief gepflügt werden. Sie fuhren nach Hause, pflügten tiefer und schrieben, vielen Dank, jetzt wachse es besser. Wir redeten über die Jagd. Einer erzählte von Rebhühnern, ich wunderte mich, Sie benutzen Schrot, mein Herr? Und sofort erinnerte ich mich an die letzte Jagd, achtunddreißig in Polesie. Ich schoss einen Luchs, sein Fell hängt hinter Ihnen. Das Aquarell neben dem Fell ist unser Gutshof.

Noch zwei, vielleicht drei Tage. Ich verteile noch das Silber unter den Kindern, und das war's dann. Ich kehre zu meinen Christbaumkugeln zurück, zum Damenschmuck, zu meinem wirklichen Leben, nur noch zwei oder drei Tage.

# 1977

## ANNA M.
Über das Böse

... Vater fand Wasser, als niemand in Werschina eine Ader aufspüren konnte und es keinen einzigen Brunnen gab. Später fand er mit derselben Rute Kalk, und noch später sagte er das Wetter voraus, so dass wir wussten, wann der Frost kommt und wir einen Baum aus der Taiga holen müssen.

Sie waren 1910 nach Sibirien gekommen, Vater hatte sich einen Platz am Fuß des Bergs geschnappt und ein Haus gebaut. Der Ort war abgelegen und voller Schlangen. Die Schlangen griffen die Leute an und das einzige Gegenmittel waren Frösche, man setzte sie auf die Bissstelle, wickelte ein Tuch darum und die Frösche saugten das Gift heraus, manche blähte es so sehr auf, dass sie platzten. Schlimmer war es mit den Wölfen, man entkam ihnen kaum, zumal wenn es ein größeres Rudel war. Die Leute schwangen sich auf die Pferde und sprangen im vollen Lauf auf die Bäume, die Pferde galoppierten weiter, die Wölfe setzten ihnen nach, die Leute gingen nach Hause zurück. Es fiel ihnen nicht schwer, auf die Bäume und wieder herunter zu springen, denn sie waren leicht. Wenn man Bärenfleisch isst, bleibt man leicht, das ist etwas anderes als heute das Schweinefleisch. Ich war auch leicht auf dem Pferd, das schätzte sogar der Stallmeister des Grafen Potocki, wo ich nach der Rückkehr arbeitete. Ich war Köchin, aber ich gab das Kochen auf und wurde Bahnwärterin. In den Pausen zwischen den Zügen kann ich die Sterne beobachten und Berechnungen anstellen, daher weiß ich, wo es auf der Welt Sonne gibt und wo einen Zyklon, einen Hurrikan oder ein Hochwasser.

Die Leute wissen noch, dass ich bei den Potockis gekocht habe und bitten mich bei Hochzeiten um Hilfe, aber ich sage jedes Mal nein. Ich komme aus der feinen Küche. Kalte Mousse kann ich ihnen nicht machen, ohne Hirsch geht es nicht, ich merke sofort, wenn der Hirsch fehlt. Wiener Schnitzel mache ich auch nicht, denn dafür braucht man zweimonatiges Kalb, wenn es einen Monat älter ist, schmecke ich das, deshalb – nein, ich tauge nicht mehr für die heutige Zeit.

Wenn bei den Potockis Jagd war, wohnten wir in Zator, aber dort spukte es im Schloss. Nachts hörten wir Schritte knarren, Kleider rauschen, manchmal spürte ich, wie mich jemand anfasste, obwohl niemand da war, und wenn ich der Gräfin davon erzählte, war sie nicht erstaunt, sondern lobte meine Ruhe. Wovor hätte ich mich auch fürchten sollen, es waren ja nur Gespenster. Das Mädchen von der Anrichte sprang aus dem Fenster, als sie das Kleiderrauschen hörte, aber wie kann man – wunderte sich die Gräfin – nur so unbeherrscht sein? Nur einmal wurde sie richtig böse – als zwei nackte Gespenster durchs Foyer liefen, wo sich gerade Jagdgäste aufhielten. Das geht jetzt aber zu weit, schrie die Gräfin, nackte Gespenster und noch dazu vor den Gästen! Es stellte sich aber heraus, dass es keine Gespenster waren, sondern nur die Waschfrauen, die ein im Ofen versteckter Teufel beim Baden erschreckt hatte.

Zum Urlaub fuhr ich nach Werschina. Sie hatten Angst um mich, verboten mir das Jagen, ließen mich nachts nicht zum Spazieren hinaus. Ich stahl mich abends davon und ging zum Fluss, auf den Steg, ganz allein. Ich war mitten auf dem Steg, als ich etwas sah, das mich etwas erstaunte. Es war größer als eine Katze, aber kleiner als ein Hund. Ein Otter war es in keinem Fall, einen Otter erkenne ich auf dreihundert Meter, und es hatte ganz eindeutig Flügel, denn es stieg in die Luft und flog, flog, flog direkt auf mich zu. Seit dem Dienst bei den Potockis weiß ich, was man zu tun hat, wenn man dem Bösen begegnet, also blieb ich ruhig stehen, bis dieses Etwas sich zu meinen Füßen im Fluss versteckte. Dann erst rannte ich los, ohne mich umzusehen, denn wenn man das Böse sieht, darf man sich nicht rühren, und wenn es verschwindet, darf man sich nicht nach ihm umsehen. Ich kam ein bisschen atemlos zu Hause an, und mein Neffe Antoś Niedbała lächelte bloß: Weißt du jetzt, Tante, warum man in Werschina nachts nicht spazieren geht?

# 1978

## ADAM B., Priester
Nicht nur über Gott

Er denkt darüber nach, ob »Dem Herrgott zuvorkommen« ein blasphemisches Buch ist. (*Gott diskutiert mit dem Menschen nicht über Gerechtigkeit, aber ein Mensch wie Marek Edelman hat manche Rechnung mit Ihm offen. Wenn jemand solcherart mit Ihm abrechnet, kann Gott sich dem schlecht verweigern.*)

Er fragt, ob es womöglich einen schlechten Eindruck macht, wenn der Klerus mich lobt.

Er wurde in letzter Zeit beschattet. Jemand ist ihm nachgefahren, er fragte, worum es geht, aber sie stellten sich dumm. Heute haben sie damit aufgehört. Jetzt fehlt ihm etwas.

## ZYGMUNT K., Veteran
Über Süßwaren

... Ich arbeitete bei Wedel. Der Tag begann bei Sonnenaufgang: Ich ging zum Chef, half ihm beim Rasieren und notierte die Anordnungen für den Tag.

Eines Tages beträufelte sich der Chef mit Kölnisch Wasser und sagte, wir gehen in die Schuch-Allee. Ich erschrak, alle fürchteten diesen Ort, aber sie behandelten uns freundlich: Wir brachten Pakete mit Süßwaren.

Ein paar Tage später sagte der Chef: Du gehst allein, das Paket gibst du dem Kommissar. Sie begrüßten mich freundlich, wie einen Bekannten. Ich traf mich mit dem Kommandeur der »Grauen Reihen« und meldete, ich hätte einen guten Zugang zur Gestapo.

Schokolade war knapp, Wedels Produkte gingen an die Front, sobald sie also echte Süßwaren sahen, wollten sie sie unbedingt haben. Befehlen konnten sie nicht, sie mussten freundlich sein und sich um meine Gunst bemühen.

Ich teilte meine Gunst genau auf.

Feste Schokolade gab ich den Angestellten der Kartei.

Gefüllte Schokolade – den Kommissaren.

Schokoladenbonbons – den Stellvertretern.

Sahnebonbons – den Offizieren.

Gefüllte Fruchtbonbons – den normalen Mitarbeitern und so weiter.

Den Gestapo-Leuten Pakete zu bringen wurde zu meiner festen Aufgabe. Ich trug fast jeden Tag welche hin, in vier Jahren war ich wohl tausend Mal in der Schuch-Allee.

Ich betrat einen Raum, in dem sie einen Mann mit Stöcken prügelten, aber bei meinem Anblick legten sie die Knüppel weg und stürzten – verschwitzt und atemlos vom Prügeln – auf mich zu, um mich zu umarmen. Ich erwiderte die Umarmungen und händigte die Süßwaren aus.

Sie machten gern Scherze. Einmal gehe ich so vor mich hin, plötzlich richtet jemand die Pistole auf mich und brüllt: Durchsuchung! Die wissen Bescheid, denke ich, aber er lacht lauthals los, es war nur ein Scherz. Da entreiße ich ihm die Pistole und ziele auf ihn, ebenfalls laut lachend, und so amüsieren wir uns beide.

Ich übermittelte meinem Kommandeur einen Plan des Gebäudes, Privatadressen und Gewohnheiten der Gestapo-Leute und so weiter. Ich markierte Männer, die erschossen werden sollten – ich zeigte sie unseren Leuten (das ist keine schöne Arbeit, und einen Polen ans Messer zu liefern, der vom Untergrundgericht verurteilt wurde, schon gar nicht). Manchmal bat ich sie, jemanden freizulassen. Ich fing mit der Kartei an, brachte den Angestellten Milch- oder sogar Nussschokolade und bekam die Akte des Gefangenen. In der Akte stand, weswegen er saß, was man bei ihm gefunden und welcher Offizier ihn verhört hatte. Ich ging zu dem Offizier und sagte, der Gefangene sei ein Freund von mir. Oder ein Cousin. Oder ein Angestellter von Wedel. Der Kerl bekam seinen Anteil, was schadete es ihm also, wenn er einen Cousin laufen ließ. Er setzte einen anderen Namen auf die Liste der Verurteilten, und die Rechnung stimmte. Sie sollten fünfzig erschießen, und fünfzig erschossen sie.

Ja, ich weiß. Statt des »Cousins« starb ein anderer. Und? Ich konnte nur wenigen helfen, also half ich denen, die wir brauchten.

Rudy, den »Roten«, sah ich auf dem Gang. Ich überprüfte die Kartei, ihn mit Schokolade freizukaufen, war ausgeschlossen. Ich traf mich mit dem Kommandeur. Das war im Ujazdowski-Park, wir fütterten Schwäne und beschlossen, den Roten mit Gewalt herauszuholen. Am besten auf offener Straße, wenn sie ihn von der Gestapo ins Gefängnis brächten.

Ich sollte Bescheid geben, wenn es soweit wäre. Ich sollte das Telefon im Café Rival benutzen. Ich sollte vier Wörter sagen: Die Ware ist unterwegs.

Ich nahm feste Schokolade aus der Fabrik und ging zu Lange. (Er war Chef der wichtigsten Abteilung, der zweiten, dort arbeiteten die Richter, die die Urteile unterschrieben. Ein Sachbearbeiter brachte die Papiere, der Richter unterschrieb – einen verurteilte er zum Tode, einen anderen zu Auschwitz – und der Sachbearbeiter ging mit dem

Urteil wieder in sein Zimmer. Ganz normal, wie im Büro.) Auf dem Fußboden lag der Rote, schlimm zugerichtet, in einer Blutlache. Lange strahlte, als er mich sah, nahm die Schokolade, sagte: Für heute reicht's, und ließ den Roten wegbringen. Ich fragte, ob ich telefonieren dürfe. Lange sagte: Aber gerne, brach ein Stück Schokolade ab und schob es sich in den Mund.

Ich wusste, ein weiteres Verhör würde der Rote nicht überstehen. Ich ging nicht ins Café. Ich wählte die Nummer. Ich sagte: Die Ware ist unverzüglich abzuholen (hinterher musste ich mich vor dem Kommandeur rechtfertigen, weil ich den Befehl nicht befolgt hatte: Ich hatte nicht aus dem Café angerufen und fünf statt vier Wörter gesagt). Ich legte auf und verließ das Gebäude. Es begann die Operation, die später Operation Arsenal genannt wurde.

Wir holten den Roten heraus, er starb in Freiheit. Wir verloren drei von unseren Leuten. Als Vergeltung für diese Operation ermordeten die Deutschen hundertvierzig Polen.

Nein, ich habe mich nicht gefragt, ob »es das wert ist«. Ich wusste von Anfang an, dass es das nicht wert war. Ich wusste auch, dass wir alle zum Tode verurteilt waren und dass die Reihenfolge keine große Rolle spielte.

Lange wurde vom Untergrund verurteilt.

Ich bekam den Befehl, ihn zu markieren. Er war zu Fuß unterwegs, sah, dass ich ihm folgte, wunderte sich aber nicht, ich ging halt hinter ihm. In der Litewska standen unsere Leute. Ich gab ein Handzeichen – der ist es – und ging zurück in die Schuch-Allee. Ich hatte ein Paket mit Krokantbonbons dabei, setzte mich damit in den Flur und wartete. Es war ruhig. Dort ging immer alles still vonstatten, in Ruhe, wie in einer schläfrigen Amtsstube …

Ein Offizier tauchte auf, ging irgendwohin und die Flure belebten sich. Die Deutschen liefen aufgeregt hin und her und schrien durcheinander. Sie haben Angst, dachte ich, na sieh mal, die Gestapo-Leute haben Angst. Ich stand vom Stuhl auf, nahm die Bonbons und ging nach Hause.

Ich arbeitete bis zum Aufstand bei Wedel.

Im Aufstand wurde ich am Bein und am Bauch verwundet. Ich verließ Warschau mit den Zivilisten. Zwei Sanitäterinnen hakten mich unter und ich tat, als ginge ich aus eigener Kraft.

Auf den Bürgersteigen standen Wlassow-Leute. Sie betrachteten die Vorbeigehenden und zogen ab und zu junge Frauen aus der Menge. Sie griffen sich eine der Sanitäterinnen, also blieb ich mit der zweiten am Rand stehen und wartete. Als sie fertig waren, kam das Mädchen zurück, hakte mich wieder unter und wir gingen weiter.

## MIECZYSŁAW F. R.
Über Polen

Er vergleicht Polen mit Kanada und kommt zu dem Ergebnis, dass wir keine Chance haben, dass wir verdammt sind zum realen, primitiven halbasiatischen Sozialismus.

In Ottawa hat er seinen Parteigenossen Kazio R. getroffen. Das war in der polnischen Botschaft, wo Kazio den Versammelten versicherte, Polen werde erblühen und die Leute würden in immer größerem Wohlstand leben. Als sie zu zweit auf die Straße hinausgingen, vertraute Kazio ihm flüsternd an, er beginne sich Sorgen zu machen. Mehr noch: Er habe Angst. Er habe panische Angst vor dem, was bevorstehe. Die Angst des Parteigenossen hat auf MFR großen Eindruck gemacht.

# 1979

ADAM B.
Aus Rom

In den Geschäften gibt es alles, in der Politik – das Gespenst der Katastrophe, in der Wirtschaft – die Inflation, in den Zeitungen – Morde und Entführungen. Im Herzen – die Sehnsucht nach Zuhause ...

Er weiß noch nicht genau, was er in diesem Rom machen soll und wie. Ringsum die Koryphäen der versammelten Weltpresse, und dazwischen er, ein polnischer Pfaffe, der nicht weiß, wie er den nächsten Bericht übermitteln soll: übers Telefon verdrehen sie alles, was man Zufallsbekanntschaften mitgibt, geht verloren, die Post dauert Wochen. Rom indes wie man es kennt. Schön.

WIESŁAW G., Parteijournalist
Über Verwunderung

Er schickt einen Brief, den er in der Angelegenheit meines Buches an den Sekretär des ZK geschrieben hat. Sie haben eine Theateraufführung von »Dem Herrgott zuvorkommen« untersagt (sollen sie's doch in ihrem jüdischen Theater spielen, habe die für Propaganda zuständige Genossin gesagt), und Wiesław G. äußert seine höchste Verwunderung. Wiesław G. protestiert gegen die Entscheidung, die *der Partei schadet, der nationalen Kultur einen Verlust zufügt und der sogenannten Opposition Argumente liefert.*

EUGENIUSZ W., Privatunternehmer
Über das Leben

... Gäste an allen Tischen, der Garten voll, eine Schlange vorm Straßenverkauf ... Die Cocktail-Bar auf der Krupówka! Das war eine Mode, ein Ritual, ein Teil des Stadtbilds von Zakopane, erinnern Sie sich?

Mein Kollege Kasperczyk und ich dachten uns neue Törtchen aus. (Kollege Kasperczyk? oh, wissen Sie, das war ein langjähriger Mitarbeiter von Herrn Sznapka! Herr Sznapka? der berühmteste Konditor in Gleiwitz vor dem Krieg, haben Sie nie von ihm gehört?!)

Der Direktor kam und sagte, die Parteizentrale hätte genau so eine Bar gern auch in Warschau. Es lag ihm viel daran, er mochte es, wenn die Zentrale zufrieden war. Er kam ein zweites Mal, ein drittes Mal, nur Sie, sagte er immer, niemand sonst kann eine solche Bar führen, es gibt ein fantastisch gelegenes Lokal, und nur Sie ...

Ehrlich gesagt, hatte ich Lust auf Warschau. Bei Null anfangen, etwas in Gang bringen, zeigen, was man kann! Ich dachte an ein Jagdrestaurant mit echtem Wald, mit Hirschhörnern statt Gläsern ... Ich verkaufte die Wohnung in Zakopane, steckte das Geld in die Einrichtung des Warschauer Lokals – da kam ein Freund des Direktors zu mir. Im Namen des Direktors. Und wollte hunderttausend Złoty. Sie wollen nicht zahlen?, sagte er, nun, dann werden Sie Ihre Koffer packen müssen ... Die Wohnung in Zakopane hatte ich nicht mehr, die Bar auch nicht. Ich gab ihm die Hunderttausend und übernahm das Lokal im Zentrum der Hauptstadt.

Nach ein paar Monaten sagte der Direktor, ich müsse ihm zahlen. Ganz einfach: Ich verdiene und er muss auch verdienen. Ganz einfach. Jeden Monat. Ich sagte: Ich werde mir Mühe geben, Herr Direktor.

Er kam immer persönlich. Er sagte, das Geld muss sauber sein, Schwindel werde ich nicht tolerieren. Und jedes Mal versicherte er sich, dass alles sauber zuging. Wenn er sich versichert hatte, nahm er das Geld.

Ich zahlte … Nun, ich weiß nicht, wie viel. Ich rechne, ich rechne … Der Referatsleiter bekam etwas … Der Kerl vom Gesundheitsamt kassierte auch … Der Buchhalter sieben Monate lang … Wofür? Keine Ahnung. Man muss wohl auch den Buchhalter bezahlen, was weiß ich wofür. Einfach dafür, dass sie auf staatlichen Stellen sitzen, und ich bin Privatunternehmer, jeder versteht doch, ein Privatunternehmer muss zahlen.

Habe ich Ihnen gesagt, dass ich von einem Jagdrestaurant träume? Die Tannen würden anwachsen, ich habe mit Förstern gesprochen, die Gäste würden auf schön zurechtgeschnitzten Baumstümpfen sitzen, Wild essen und aus Hirschhörnern trinken.

Entschuldigen Sie, ich versuche noch einmal, alles zusammenzurechnen. Sechshundertsechzig plus hundertachtundfünfzig, den Freund des Direktors zähle ich nicht mit, das war kein Beamter, also … Obwohl ich ihn mitzählen sollte, er war ihr Kumpel. Ich liege auf der Pritsche und rechne, manchmal hilft mir der Wachtmeister, was ist bei Ihnen herausgekommen, Herr Wachtmeister?

Meine wahre Berufung sind Torten. Mein Gesellenstück war eine Schokoladentorte, und mein Meisterstück eine Fruchtrolle. Ich habe die Prüfungen gut bestanden, weil ich das Handwerk beim Kollegen Kasperczyk gelernt habe, einem direkten Mitarbeiter von Herrn Sznapka … Herr Sznapka … ach so, das habe ich schon gesagt.

# 1980

JERZY U., Redakteur
Über ein mögliches Thema

Er erklärt mir, worin die Arbeit der Sexerinnen besteht: sie selektieren Küken nach dem Geschlecht. Die weiblichen kommen in die Zucht, die männlichen ins Krematorium. Die Selektion ist nur in den ersten 24 Stunden nach dem Ausschlüpfen möglich, später verschwinden die Geschlechtsmerkmale. Das Sexen wird durchgeführt, indem man beim Küken erst mit dem Daumen auf den Unterbauch drückt, um den Kot herauszupressen, und dann mit dem Zeigefinger so fest drückt, dass After und Kloake hervorkommen. Dann sieht man zwei kleine Erhebungen. An ihrer Färbung, oder eher Schattierung, kann man das Geschlecht erkennen. Das ist eine besondere Fähigkeit, die einen frischen Blick verlangt, und nach zwei, drei Jahren verliert eine Sexerin diese Fähigkeit und die Fehlerquote steigt auf bis zu 40 Prozent. Wenn man gar nicht sext, hat man natürlich eine Fehlerquote von 50 Prozent … Das sei ein interessantes Thema für eine Reportage, meint Jerzy U.

KATARZYNA Sz., Studentin
Zettel auf dem Tisch

*Wohin verschwindest Du tagelang? Das Mittagessen war sehr gut, ich habe die Möhren aufgegessen. Wenn der Streik stattfindet, dann im Kulturpalast, jedes Institut streikt für sich, da wo gerade Lehrveranstaltungen sind. Ich habe Zitronen gekauft!*

BARBARA G., Abiturientin
Über Hunger

Sie war auf der Heimfahrt aus dem Urlaub in den Beskiden und hat im Zug »Dem Herrgott zuvorkommen« gelesen. *Ich habe die ganze Nacht gelesen, ich hatte schrecklichen Hunger, weil ich seit zwei Tagen keinen Groschen mehr und nichts zu essen hatte und die Beschreibung des Hungertods im Warschauer Ghetto hat mich sehr aufgebaut.*

BARBARA B., Einwohnerin von Nowa Sarzyna
Über die Nachbarn

*Ich bin in der Nalewki-Straße 26 geboren, rechter Seitenflügel, dritter Stock, Wohnung 19. Meine Kameradinnen und Kameraden – alles Juden. Unser Haus, in dem mein Großvater, Józef Skarżyński, Verwalter war, wurde im September von einer Bombe getroffen und zerstört. Ich bin sechzig Jahre und träume von der Nalewki-Straße. Als ich Ihr Buch las, war ich mit ihnen dort, mit meinen Altersgenossen, Menschen, die ich geachtet habe, für die ich heute bete, die ich manchmal beweine und die im Traum zu mir kommen… Gibt es Dr. Edelman wirklich oder ist das eine erfundene Gestalt? Wenn es ihn wirklich gibt, küssen Sie ihn bitte von Barbara Biczowa aus Nowa Sarzyna, Wojewodschaft Rzeszów.*

KRZYSZTOF K., Regisseur
Zettel an der Wohnungstür

Er hat Geld für mich, vielleicht hilft es vor den Feiertagen. Außerdem hat er ein Anliegen. Außerdem hat er Fieber. Außerdem müssen wir reden.

ADAM B.
Über die Hoffnung

Er tröstet sich und mich damit, dass es eine Andere Welt und ein Leben im Jenseits gibt. *Auf Wiedersehen also im Dies- oder Jenseits …*

# 1981

KATARZYNA Sz.
Zettel auf dem Tisch

*Schlafe heute bei P. Bin morgen abend wieder da.*
*PS: War beim Friseur, habe mir die Haare kurz schneiden lassen.*

# 1982

ADAM B.
Aus Rom

Er fragt, was er mitbringen kann. Wir sollen konkret schreiben, was. Für ihn ist es leichter, wenn man ihn um Gummiband für Unterhosen, eine Nähmaschinennadel oder ein Ersatzteil fürs Auto bittet. Er hat in letzter Zeit nicht geschrieben, weil er nicht will, dass jemand unterwegs seine Briefe liest. Er versucht, etwas für den »Tygodnik« zu schreiben, aber er findet alles irgendwie albern. *Der Tygodnik hat denselben Ton wie Gespräche am Bett eines Schwerkranken. Ich platze herein wie einer, der von einem Ausflug zurückkommt und nichts von der Krankheit im Hause weiß. Die neue Sprache wird ohne mich entstehen müssen…*

KRZYSZTOF K.
Über mein unfertiges Buch

*… das Ende ist nicht so wichtig, natürlich wäre ein besseres Ende besser und ein schlechteres schlechter, aber das Wichtigste steht schon in der Mitte und das Ganze ist schon lange wasserdicht, jetzt geht es nur noch um die Verzierung der Dachhaut, die über die Teerpappe gelegt werden soll (falls nötig, habe ich einen Vortrag über die verschiedenen Schichten eines Daches parat). Ich denke also, das Ende sollte leicht metaphysisch sein, es sollte sich, so real die Situation auch*

*ist, über diese Realität erheben. Ich weiß nicht, ob Du Passers Film »Intime Beleuchtung« gesehen hast, das ist ein sehr schöner und langweiliger Film über das Leben, zum Schluss versammeln sich die Figuren auf einer Veranda und trinken Eierlikör. Irgendjemand hat den Eierlikör vorher gemacht – es ist also eine Eigenproduktion. Er ist schon in den Gläsern und die Versammelten bringen einen Toast aus. Sie neigen die Gläser, aber der Eierlikör ist zäh, er fließt nicht. Sie stehen da, die Köpfe nach hinten geneigt, und schütteln die Gläser. Anfangs ist das komisch, später, je länger die Situation dauert, länger als sie in Wirklichkeit dauern könnte, nicht mehr. Und so endet der Film – sie erstarren in der Erwartung eines Tropfens. Etwas in der Art braucht auch die »Untermieterin«.*

*Die Protagonisten… müssen am Sonntag*[10] *früh zum Kulturpalast kommen. Wie oft hat jeder Deiner Helden vor diesem Palast gestanden! Vielleicht war Bernard R. auf der Tribüne, während Dein Liebster Halbdokumentarfilmer*[11] *Filme gegen diese Tribüne drehte… Als Du für den »Mann aus Eisen« anstandest, hättest Du Wajda sehen können, wie er aus dem Auto die Menge betrachtete und wegfuhr.*

*Sonntagmorgen, es ist schweinekalt, die Türen zum Theater*[12] *verschlossen… Die einen prüfen, wer fehlt, die anderen schämen sich, dass sie hier sind, während sie woanders sein sollten, es wird immer kälter und die Stadt ist leer, man sieht nur diese Gruppe… und wenn es schließlich so kalt ist, dass man sich wärmen muss, das heißt weggehen, rühren unsere Helden sich nicht von der Stelle. Jeder von ihnen hat, wie*

10 Gemeint ist der 13. Dezember 1981.

11 So nenne ich Krzysztof Kieślowski in »Sublokatorka« [Die Untermieterin].

12 Im Teatr Dramatyczny [Dramatisches Theater] im Kulturpalast fanden die Beratungen des Kongresses der Polnischen Kultur statt, der durch die Ausrufung des Kriegsrechts unterbrochen wurde.

*in einem Traum, das Gefühl, die Beine nicht von den Marmorstufen losreißen zu können. Oder vielleicht glauben alle, dass sie schlafen und träumen. Das dauert nicht lange, denn als Bernard schließlich ein Bein bewegt, zeigt sich, dass es gehorsam einen Schritt tut. Das andere Bein auch. Nein, es ist also kein Traum. Und vielleicht ist es schon einen Augenblick später ganz leer vor dem Palast, oder vielleicht auch nicht, vielleicht muss man damit aufhören, dass jeder versucht, einen Schritt zu tun… erwachsene, lebenserfahrene Menschen machen ihre ersten Gehversuche. Ein Symbol, eine Metapher, sag was Du willst, aber irgendwie so sollte die Dachhaut auf diesem soliden Haus aussehen.*

KRZYSZTOF K.
Zettel an der Tür

Wenn Adam, der Priester kommt, muss man ihm alles erzählen. Ob ich etwas Interessantes zu lesen habe? Marysia hat Fleisch bekommen (ohne Knochen), sie kann es mit mir teilen.

# 1983

ZOFIA K., Schauspielerin
Über das Lösen von Kreuzworträtseln

... Wir redeten im Besuchszimmer. Eine nackte Glühbirne hing an einem schmutzigen Kabel von der Decke herab und schaukelte leicht, obwohl es im Raum weder Fenster noch Luftzug gab. Der Wärter zeigte an, dass die Besuchszeit vorbei sei, und wir standen von den Stühlen, Hockern eigentlich, auf. Vater kam mit unsicherem, schwankendem Schritt auf mich zu. Er stolperte und gab mir die Hand. Er hatte eine schöne Art, einem die Hand zu geben, mit einer offenen, klaren Geste. Er drückte mich an sich und ich sah Tränen hinter den Brillengläsern. Auf dem Weg zum Bahnhof dachte ich irritiert an diese Tränen und das Stolpern, es ärgerte mich, dass der Wärter die Ungeschicklichkeit meines Vaters mit angesehen hatte.

Der Zug fuhr los, und ich hörte auf, an Vater zu denken.

Ich dachte darüber nach – nicht zum ersten Mal –, ob es stimmte, was sie über die Materialistin sagten. War es möglich, dass sie mit dem hübschesten Jungen aus unserer Klasse zusammenlebte?

Vor dem Materialismus hatte uns der Priester Syga im Religionsunterricht gewarnt wie vor einer schändlichen Sünde. Damals hatte jemand gesagt, er kenne persönlich eine Materialistin, wir alle würden sie kennen, fügte er hinzu, es wäre das Mädchen, das uns beim Schulappell vom Sozialismus erzählt hätte.

Die Materialistin war groß, hatte lange Haare und ging

mit einem Jungen, der Zigaretten rauchte, Wein trank und ausgezeichnet Fahrrad fuhr. Eines Tages kamen die Materialistin und der Junge zu spät zur Schule. Sie kamen in den Flur gelaufen, an mir vorbei und ich roch an beiden denselben Geruch von Kälte, Rauch und Wind. Die anderen rochen es auch und jemand flüsterte – sie leben zusammen. Das machte großen Eindruck auf mich.

Auf dem Rückweg aus dem Gefängnis dachte ich darüber nach, woher der Rauch kam, wo sie ihn hatten aufsaugen können. Zigaretten waren es nicht. Auch nicht der Kanonenofen, der in der Wohnung des Jungen stand. Vielleicht war es ein Lagerfeuer. Sie hatten die ganze Nacht, gewiss irgendwo im Wald, am Feuer verbracht. Das machte großen …

Nach der Entlassung aus dem Gefängnis konnte er nicht arbeiten. Er las dies und das. Am liebsten löste er stundenlang Kreuzworträtsel.

Eines Tages konnte er ein Wort nicht finden, »Fluss in Aleksandria«, drei Buchstaben. Was gibt es dort für Flüsse?, grübelte er. Er griff nach dem Atlas, aber ich war schneller, Vater, gemeint ist der San, sieh nur, Alek-SAN-dria! Ich nahm ihm den Kugelschreiber aus der Hand und schrieb stolz das Wort in die leeren Kästchen. Darauf wäre ich im Leben nicht gekommen, bekannte Vater und legte beschämt das unfertige Kreuzworträtsel zur Seite.

Ich habe mich bei ihm für verschiedene Dinge entschuldigt – später, als er nicht mehr da war –, für viele verschiedene Dinge, am meisten aber für den San. Für die idiotische Eile. Für den albernen Stolz, mit dem ich das Wort mit drei Buchstaben hinschrieb. Ich frage mich, ob das keine Zwangsneurose ist.

JERZY P., Schriftsteller, Chefredakteur einer Wochenzeitschrift
Über das Klima

... Waren Sie einmal in Indien?

Ich war dort.

Sie können sich nicht vorstellen, wie viele tote Hauptstädte es dort gibt, jede Provinz hat ihre tote Hauptstadt.

Haben Sie gute Augen?

Das ist gut. Sie sollten viel lesen, am besten die Paraguayer, wenigstens Roa Bastos. Sie denken bestimmt, Paraguay sei dasselbe wie Venezuela oder Kolumbien. Oh, keineswegs.

Meine? Meine tote Hauptstadt ist der Kommunismus.

Wissen Sie, was in Polen das Klima beeinflusst? Drei Faktoren: ein Tief von den isländischen Inseln, ein großes Azorenhoch und ein Hoch aus der sibirischen Tiefebene. Ich fahre morgen nach Moskau, um zu sehen, was es mit dem sibirischen Hoch auf sich hat. Wenn ich zurück bin, sage ich Ihnen, ob ich Ihr Buch drucke.

ADAM B.
(auf die Frage »Hat Gott Humor?«)

*Sinn für Humor ist etwas Menschliches. Für Gott gibt es keine paradoxen Situationen. Er ist die Freude selbst ... und unsere Momente der Freude sind die Momente, in denen wir Seine Logik schauen, die so ganz anders ist als unsere Scheinlogik. Anders gesagt, Humor hat nur der Mensch, Gott ist »der Humor selbst«, wenngleich das mitunter schwer zu verstehen ist. Unter »Humor« verstehe ich – »Freude« ...*

# 1984

KATARZYNA G. (früher Sz.), Informatikerin
Karte aus dem Krankenhaus, aus der Geburtsklinik

*Michał liegt neben mir, er lernt saugen. Er sieht aus wie alle Neugeborenen. Von einer Bettnachbarin habe ich mir eine Milchpumpe geliehen. Ich habe 7 Minuten gestillt …*

JÓZEF G., Veteran
Über die Schlacht

… Donner, Getöse, die Bäume fallen unter den Bomben, Wurzeln und Erdklumpen fliegen durch die Luft, wir laufen, um Meldung zu erstatten, die Detonation schleudert uns auf den Grund eines Trichters. Wir liegen da. Ich fühle ein Zwacken am Hals, beuge mich über den Kameraden und sehe, wie sich auf seinem Rücken ein roter Fleck ausbreitet. Jasio, sage ich, du bist verwundet, aber er berührt meine Kehle – nein, du, Józek, hier, oh … Er knöpft mir die Hose auf, reißt ein Stück von der Unterhose ab, macht mir einen Verband und bringt mich zum Sanitätszelt, aber dort können sie sich nicht um mich kümmern, weil die Bombe genau sie getroffen hatte. Zwei Sanitäterinnen sind tot, dem Arzt hat es ein Bein abgerissen. Hecht hieß der Arzt, Marcel Hecht, er hatte gerade einen sowjetischen Offizier operiert und die Wunde zugenäht, gut, dass es ihm das Bein erst abriss, als er den letzten Stich schon gemacht hatte. Wir lagen den Rest des Tages auf dem Boden, abends brachte man uns ins Lazarett, und dort – Belcia Szpinak als Sanitäterin. Sie nimmt mir die blutige Unterhose vom Hals und sagt, mein Gott, was für eine schreckliche Wunde, und fällt in Ohnmacht, sinkt ganz einfach zu Boden. Ich bringe sie wieder zu sich, das ist doch nichts, Belcia, eine Wunde halt, machen Sie sich nichts draus … Es stellte sich heraus, dass ich der erste Verwundete am ersten Tag der Schlacht bei Lenino war.

Ich wurde hinter der Front operiert. Als ich aus dem Spital zurückkomme, laufe ich in einen Oberst. Was ist, schreit er, sind Sie blind? Machen einem Oberst keine Meldung? Ich wusste nicht, erkläre ich ihm, dass ich jedem Oberst Meldung machen muss, darauf er – noch lauter – bin ich für Sie jeder? Ich bin nicht jeder, ich bin Jud. Ja und, beschwichtige ich ihn, ich bin auch Jud, hier laufen viele Juden rum, Zambrowski, Alster, Druker … Wieder Geschrei: Ich bin kein Jude, ich bin Oberst Jud! Und was stellt sich heraus? Dass Jud sein Nachname ist, und der Mann durch und durch Pole.

Dieser Druker, Zugführer in der Ausrüstungswerkstatt, hatte vor dem Krieg das Rabbinerseminar abgeschlossen und als das Jom-Kippur-Fest kam, sagte er, er müsse beten. Er fand eine Synagoge, die man zur Lagerhalle gemacht hatte, schaufelte den Kies weg, einen Tallit hatte er nicht, aber er warf sich ein Handtuch über den Kopf, den Minjan hatte er auch nicht zusammenbekommen, weil unsere Kommunisten nicht beten wollten, und so sang er allein das *El male rachamim*, für das man keine zehn Juden braucht. Gott voller Erbarmen … Mir kommt es vor, als hätte unser Zugführer Druker für alle ermordeten Juden gebetet.

JACEK W., Verlagsdirektor
Über mein wertvolles …

Mit aufrichtigem Bedauern schickt er mir das Manuskript meines wertvollen Buches »Die Untermieterin« zurück. Trotz seines künstlerischen, moralischen und Erkenntniswerts. Das Buch wäre für alle von großem Nutzen, *selbst (oder vor allem) wenn man nicht alle Schlussfolgerungen teilen kann, die dieses Werk impliziert.*

Leider sei das Amt für Pressekontrolle anderer Auffassung. Der Verlag habe viele Gespräche mit dem Amt geführt und es gebe keine Chance, das Buch zum jetzigen Zeitpunkt zu veröffentlichen. Vielleicht irgendwann, in der Zukunft. Sie reservieren sich die Rechte. Sie senden herzliche …

JOLANTA Ch., Pfadfinderin
Über kleine Fische

… Mit vierzig gehen so viele Dinge zu Ende, dass man auch etwas anfangen muss, ich habe angefangen zu angeln. Mein erster Fisch war ungefähr so …, denn ich fange ja nur kleine. Ich habe gleich beschlossen: In meinem Leben wird es keine großen Fische geben. Ich fische ohne Kampf, Kampf gibt es mit großen Fischen, aber ich verzichte auf große Dinge. Für einen großen Kampf braucht man großes Selbstbewusstsein, manchmal auch Stolz. Ich bin mit kleinen Dingen zufrieden, das passt zu mir.

Die großen Fische wissen nicht, dass ich sie nicht will. Sie ahnen übrigens gar nicht, dass ich da bin, weil ich dort angle, wo sie nicht hinkommen. Am Ufer, wo es seicht ist, mit kleinem Haken und nur mit Teig. So, dass keine Hechte oder Welse zu mir kommen, und das ist gut, das muss nicht sein. Ich warte nicht auf sie. Zu mir kommen Plötzen, Güster, Rotfedern, reizende Weißlinge ...

Ich bin Pfadfinderin, denn die Pfadfinderei ist eine Lebensform, eine Art sich zu geben, ein Prinzip und ein Stil.

Ja, für eine Pfadfinderin rauche ich zu viel. Na und ... Apropos, kennen Sie dieses Rezept: eine Dose ungezuckerte Kondensmilch, drei Löffel Nescafé, zwölf Löffel Zucker und ein halbes Glas reinen Spiritus? Nein? Dann müssen Sie es einmal probieren!

Ich bin keine Pessimistin, überhaupt nicht. Ich denke nie, schade, dass ich nicht mehr vierzig bin. Ich denke, gut, dass ich noch nicht vierundsechzig bin. Ich denke, gut, dass ich eine Brasse gefangen habe und keinen Goldbarsch. Ich denke, dass mir solche Dinge wie Sonne, Wolken, Dämmerung am Wasser immer wichtiger werden.

Am Wasser sieht man vieles besser. Zum Beispiel die Menschen. Ich stehe da, an verschiedenen Ufern, an verschiedenen Gewässern, und sie ziehen an mir vorüber – auf Kähnen, schwimmend oder zu Fuß. Und sie benehmen sich immer schlechter, vor allem die, die eine teure Ausrüstung haben. Die zeigen mit jeder Geste ihren Besitzanspruch, ganz so, als gehörte ihnen nicht nur die Angel, sondern auch das Wasser, der Wald und die Luft.

Schon wenn ich in Krzyż ankomme, werde ich ganz aufgeregt: Sind sie da? Kommt einer geschwommen? Was für einer? Wird es mir gelingen, den kurzen Moment zu erspüren, an dem man die Angel hochreißen muss? Und wenn ich nach zwei Tagen wieder ins Auto steige – es waren nur zwei Tage, aber es ist viel passiert, die Sonne ging zweimal auf und unter, es gab Regen und Regenbögen – wenn ich also ins Auto steige und nach Warschau aufbreche, dann kommt alles wieder hoch, was ich im Leben verpasst habe, was ich nicht rechtzeitig begriffen und was ich zu spät erfahren habe. Aber in der Nähe von Różan denke ich mir, dafür haben meine Fische genau die richtige Größe für mich, nach ihnen muss ich mich nicht strecken. Und in Pułtusk denke ich, gut, dass die Sonne weiter auf- und untergeht. Und von Jabłonna an bin ich wieder ganz ruhig.

OLA K., Dichterin, Übersetzerin
Über Eva

*Ich habe mir noch einmal die Decke der Sixtinischen Kapelle angeschaut. Ich war immer überzeugt, dass Gott zuerst Eva schuf. Heute frappierte mich Evas Blick, von dem Du schreibst*[13]*. Ich interpretiere ihn so: »Er soll mich nicht diesem Mann geben, warum hat Er ihn überhaupt geschaffen?« Das nächste Fresko, »Die Erschaffung Evas«, zeigt ja das Flehen der Frau zu Gott: »Überlass mich nicht ihm, ich will nur bei Dir bleiben«. Die Eva unter dem Baum hat noch das schöne und vergeistigte Gesicht der Eva an Gottes Seite ... Die verlassene Eva – erst flehend, dann vertrieben, hat ein dummes Gesicht und ist nur noch ein fetter Leib. Eine schöne Geschichte!*

*In Rom ist goldener Herbst. Auf dem Markt gibt es schon die ersten Mimosen. Es ist schön.*

13 In »Sublokatorka« [Die Untermieterin]. Das Buch erschien 1985 in Zofia und Kazimierz Romanowiczs Verlag »Libella« in Paris.

# 1985

JAN K., Literatur- und Theaterwissenschaftler
Über Shakespeare

Er schreibt von der Pazifikküste. Vor seinem Fenster schwirren Kolibris zwischen blühendem Oleander, Azaleen und Bougainvilleen, in der Hitze spürt man die frische Brise vom Meer.

Er hat eine Herzoperation vor sich.

Er liest die »Untermieterin« und denkt an Werner, wie er im Buch heißt, das heißt an Szczęsny, den Glücklichen (er kannte ihn, sie waren während des Kriegs in einer Parteizelle).

Er denkt an die unglückliche Liebe des Glücklichen. Der junge, hitzköpfige und prinzipientreue Kommunist liebte eine Verbindungsagentin der Heimatarmee. Sie war verlobt, und zwar mit einem Heimatarmisten, der nach dem Krieg wegen Spionage angeklagt wurde. Die Parteifreunde des Glücklichen verhafteten den Heimatarmisten, also kümmerte der Glückliche sich um die Frau. Ein Jahr später gebar sie ihm ein Kind. Zwei Jahre später verhafteten die Parteifreunde den Glücklichen. Jetzt saßen sie beide, der Heimatarmist als Spion, der Kommunist als Rechtsabweichler. Anna (so hieß die schöne Verbindungsagentin) wartete auf beide. Oder auf einen von beiden, man weiß nicht, auf welchen. Aber eher auf beide.

Den Professor lässt das an ein Shakespeare-Stück denken: *Das ist fast wie Anna in* Richard III., *die Richard auf dem Sarg ihres Gatten vögelt, nachdem er ihren Vater und ihren*

*Schwiegervater ermordet hat, in zwei Dutzend Repliken und ein paar Gesten.*

Der Professor kannte Anna nicht, er hat sie nur einmal nach dem Krieg von weitem gesehen, in einer Kneipe. *Sie war eine große, üppige Blondine, von der Sorte, die man sich gleich im Bett vorstellt.* Sie hatte nur unschöne Hände und dicke, zu dicke Finger.

Die beiden Annas – die aus Shakespeares Stück und die aus dem Aufstand – sind für den Professor zu einer einzigen verschmolzen, hübsch und sexy, nur mit nicht allzu schönen Händen, und der Professor weiß nicht mehr, *welche von beiden Richard III. auf dem Sarg ihres eigenhändig ermordeten Gatten vögelte…*

## JAN K.
## Über Lebensläufe

Der Professor hat keine Angst vor der Operation, obwohl sie riskant ist (*20 Prozent, dass ich sie nicht überlebe, und gegen die Statistik ist der Herrgott machtlos*).

Er denkt immer noch an den Glücklichen, denn er hat einen längeren Essay über ihn geschrieben.[14]

Sie trafen sich ein Jahr lang jede Woche, immer mittags, immer im Hof desselben Warschauer Hauses. Dort gab es einen zuverlässigen Vulkaniseur, in dessen Werkstatt sie Flugblätter und Untergrundzeitungen aufbewahrten. Außer dem Glücklichen und Jan K. kam eine junge Frau mit blauen, klaren Augen in die Werkstatt. Sie hatte immer eine Tasche mit einer Zahnbürste, Ersatzwäsche und einem Regenman-

14 Trzy pogrzeby [Drei Begräbnisse], in: Zeszyty Literackie 12/1985.

tel dabei, wie es schien, besaß sie nicht viel mehr. Nach dem Krieg wurde sie verhaftet, ein paar Wochen vor dem Glücklichen. Jan K. besuchte sie am Tag nach ihrer Freilassung. Sie hatte immer noch klare Augen, aber sie starrte die Wand an und sagte: »Geh ins andere Zimmer und schreib deinen Lebenslauf. Von Geburt an. Hier hast du Papier und Bleistift. Füllfedern sind verboten. Und wenn du fertig bist, gibst du ihn mir, gehst ins andere Zimmer und schreibst noch einen, von Anfang an. Vergiss nicht, die Seiten zu nummerieren.« Eine Woche später brachte man sie in eine psychiatrische Klinik.

Der Professor versichert mir, dass es so war, genau so. Das mit dem Schreiben des Lebenslaufs, mit Bleistift, von Anfang an.

Aus ihrer Parteizelle war er der einzige, der nach dem Krieg nicht saß. Der Vulkaniseur, dem die Werkstatt gehörte, auch nicht, den hatte die Gestapo noch in der Schuch-Allee während der Verhöre ermordet.

### JERZY Sz.
### Über das Haus

*Wir bauen das Haus in Goworowo ab, alle Fußböden und Decken sind draußen, einen Teil des Dachbodens habe ich schon abtransportiert. Es ist ein gesundes Haus, achtzig Jahre alt, aber es überlebt uns bestimmt. Unter dem Fußboden habe ich Vorkriegsbriefe von ehemaligen Geliebten des Besitzers gefunden, ich fing an zu lesen, aber die Enkelin des Adressaten hat sie mir schnell aus der Hand genommen. Ich schlafe im Auto. Liebste, du musst schnellstmöglich fünfzigtausend auf mein Konto einzahlen. Ende der Woche transportieren wir alles ab und beginnen damit, unser neues altes Haus an unserer Narew wieder zusammenzusetzen.*

JERZY P.
Über die Melancholie der Fische

... Die Melancholie der Fische überträgt sich manchmal auf den Menschen. Mir ist das passiert, als ich den größten Fisch meines Lebens fing. Neunzehn Kilo wog der Fisch, und ich schleppte ihn allein den Fluss entlang. Der Fluss hieß Egijn Gol.

Ich ging am Ufer und schleppte den Taimen an einer Weidenrute, die ich ihm durch die Kiemen gezogen hatte, hinter mir her, ich ging vorbei an Lärchen mit verlassenen Adlerhorsten, vorbei an Heuschrecken mit roten Flügeln, ich wollte meine Reisegefährten treffen, und nach zehn Kilometern hörte ich sie. Ich fing an zu rufen, aber die Akustik dort war seltsam, sie hörten mich nicht. Endlich sah ich sie, ich zeigte stolz meinen Fisch, aber sie warfen nur einen flüchtigen Blick auf ihn und fragten, wo warst du so lange? Auch ich betrachtete ihn, und plötzlich kam mir alles sinnlos vor – der Fluss, der Fisch, das Angeln.

Das Angeln ist ein Ersatz. Denn was soll ein Mann tun, wenn er die Frauen schon kennt? Mit irgendetwas muss er den Rest seines Lebens verbringen. Frauen sind nur vorübergehend interessant und hinterlassen ein Gefühl, das an Verachtung grenzt. Zumal heute, wo sie leicht zu haben sind. Die Frauen sollten von den Forellen lernen, die lassen sich nicht so einfach finden.

Ein Mann kann angeln, sich mit Politik befassen oder schreiben. Ich habe lange geangelt, fünfzig Jahre. Den ersten Fisch habe ich 1922 in der Horyn gefangen. Wissen Sie, was für ein Fluss das ist? Nicht so wie euer Swider, nein, das ist ein richtiger großer Fluss in Polesien. Und den letzten – in den Masuren: Das war ein Aal. Haben Sie einmal die Augen eines Aals gesehen? Und die Augen des Teufels? Wollen Sie einmal die Augen des Teufels sehen? Dann sehen Sie sich die Augen eines alten Aals an. Sie sind schwarz, mit einem weißlichen Rand und etwas Teuflischem in den Pupillen. Sie wollen etwas sagen, aber was – bei Gott, ich weiß es nicht. Die Weibchen leben in Seen, und die kleinen, schlanken Männchen kehren zu ihnen zurück, aber nur wenige, denn sie werden von den Menschen dezimiert und die Weibchen warten vergebens.

Ich betreibe auch Forschungen über Gott und bin schon zu einigen Schlüssen gekommen. Ich weiß beispielsweise, dass Gott viel Humor hat. Natürlich habe ich Beweise. Ich war einmal mit Jerzy Pomianowski in dessen Citroën auf dem Rückweg von der Jagd, die Straße war vereist, es war glatt, alle hatten Angst, aber Pomianowski beruhigte uns und versicherte, er hätte eine tolle Methode, aus dem Rutschen wieder herauszukommen. Er erklärte sie uns genau, und Gott rührte sich nicht, Gott wartete ruhig ab. Aber kaum, dass Pomianowski uns seine tolle Methode zu Ende erklärt hatte, geriet das Auto ins Rutschen, und hinterher war der Citroën Schrott und wir übel zugerichtet.

Die Fische sind keine Metapher. Und keine Metaphysik. Sie liefern ein Ersatzdrama – denn jeder Fang ist ein Drama –, das ist alles. Daher die Melancholie der Fische: Der Grund ist nahe und es gibt keinen Platz für Metaphern. Außerdem endet jede Auseinandersetzung zwischen Fisch und Mensch unweigerlich mit der Niederlage des Fisches.

Wissen Sie, wie flehend Hechte schauen können?

Haben Sie Angst vor dem Tod? Und vor der Hölle? Und dem Paradies? Und dem Nichtsein? Ich habe keine Angst. Der Tod ist eine Episode, mehr nicht. Eine nicht allzu wichtige Episode in unserem Leben.

Die Frauen sind für mich passé, die Fische sind passé, die Politik ist passé …

Nein, ich bin nicht melancholisch.

Ich bin überhaupt nicht melancholisch. Mir genügt eine kleine, winzig kleine Freude am Tag. Mir genügt der Gedanke, dass diese Freude noch auf mich wartet. Manchmal ist es eine gute Zigarre. Manchmal … Sie werden es nicht glauben. Manchmal ein Stück Fruchtgelee – süß, mit Bitterschokolade überzogen –, das ich abends esse.

# 1986

## JAN K.
Über Träume

Er träumt erotische Szenen. Das ist ein Problem für mich, weil sie unangenehme Folgen haben. Einmal hat er von mir im Theater geträumt. Es war Abend, wir gingen eine Treppe hinab, der Wind warf mein Kleid auf und – der Professor war sehr erstaunt, als er merkte, dass ich keine Unterhose trug.

Die Treppe war in Amerika, der Wind war in Amerika, der ganze Traum spielte in Amerika, aber ich bekam in Warschau eine Blasenentzündung.

Ich bat den Professor um Träume mit besserem Wetter. Er versprach mir einen heißen, sonnigen Pazifikstrand, aber sein nächster Traum spielte nachts in einer Telefonzelle. Ich telefonierte mit jemandem, und der Professor war sehr erstaunt, als er sah, dass ich keine Bluse trug. Und keinen BH. *Es verblüffte mich, dass du nackte Titten hattest, übrigens sehr dunkle, sehr schöne …*

Der Professor fragt, ob ich keinen Schnupfen bekommen habe, die Nächte am Pazifik seien meist kühl.

Der Professor ergeht sich in Ausführungen über Damenwäsche. *Unterhosen trägt man erst ab dem 19. Jahrhundert, Büstenhalter kamen noch später, daher das Motiv der Jungen unter der Schaukel bei Watteau und das Amüsement, wenn sich die Marquisen aus den Karossen wälzten und dabei ihren Hintern zeigten. Rousseau hat das sehr schön beschrieben. Das waren gute Zeiten, es gab viel Freude unter den Reifröcken. Man konnte sich darunter verstecken und seine Bedürfnisse befriedigen.*

Ein wenig fürchtet er sich doch vor der Operation.

Wenn er sie überlebt, kommt er nach Polen.

Er weiß nicht, ob er ein Visum bekommt, er bittet mich, herauszufinden, ob sie ihm ein Visum geben oder nicht, denn wenn sie ihm keins geben wollen, wird er gar nicht erst darum bitten.

KATARZYNA G.
Aus einem Flüchtlingslager in Ostia

Sie sind viel am Strand, Michał ist braun geworden. Am Meer spürt man die Hitze nicht, aber in Rom ist es heiß. Sie hat uns ein T-Shirt und zwei Blusen geschickt. Außerdem schickt sie uns noch ein Buch über die Katakomben, das Piotrek und Pfarrer Boniecki aus dem Italienischen übersetzt haben. Ich soll bei Ewka anrufen und fragen, ob sie schon nach Frankreich abgereist ist. Am Montag packen sie, Mittwoch geht's hinaus in die Welt...

JAN K.
Über das Zählen

*Der Tod ist uns immer fremd, selbst der eigene, wenn wir an ihn denken, selbst unser eigenes Begräbnis betrachten wir in Gedanken aus der Vogelperspektive.*

Er hat Essays über Faust und über das Sterben geschrieben. Er hat geschrieben, in der christlichen Hölle gebe es keine Hoffnung, »aber noch weniger Hoffnung ist in unserer Hölle, der Hölle der Nichtgläubigen«[15].

Der Professor weiß selbst nicht – sind die Gläubigen besser dran oder die Nichtgläubigen? Es ist wohl egal, denn die einen wie die anderen fürchten sich vor dem Tod.

Die Gläubigen – weil sie wissen, dass es ein DORT gibt.

Die Nichtgläubigen – weil es kein DORT gibt.

Der Professor hatte schon mehrere Infarkte und wurde mehrfach an Herz und Lungen operiert. Dank dessen lebt er noch, denn das letzte Gerinnsel zerstörte zwei Bypässe. Zwei hielten zum Glück.

Der Professor zählt unaufhörlich.

Zwanzig Prozent.

Vier Infarkte.

Zwei Bypässe.

Vier Bypässe.

Sieben Stufen.

Eine halbe Etage.

Zwei Tage.

In zwei Tagen geht er ins Spital.

15 Dwa piekła Doktora Fausta [Die zwei Höllen des Doktor Faust], in: Zeszyty Literackie 9/1985.

# 1988

## KATARZYNA G.
Über unsere Reise

Sie schickt uns Geld für die Tickets und einen Tipp, wie man am besten von Montreal nach Toronto kommt – mit einem Bus der Firma Janosik.

Sie quartieren uns im Schlafzimmer ein, sie selbst werden im living-room schlafen.

Andrzej K. verkauft Würstchen und ist von Kanada begeistert.

Auf der Arbeit hatten sie open house für die Familien, Höhepunkt war das Pfeilewerfen auf Luftballons, denn darin waren Gewinnlose. Sie hat einen Anrufbeantworter gewonnen. Ihre Informatik-Bücher soll ich nicht mitbringen, sondern mit der Post schicken.

## RAISA W., Bewohnerin eines kanadischen Altenheims
Über den Dnjepr

... Meine Tochter haben sie rausgelassen, meinen Enkel haben sie rausgelassen, und ich – abgelehnt. Mir verweigerten sie die Ausreise, und sechs Jahre lang war ich eine *otkasnitza*, eine Abgelehnte.

Und bei euch? Immer noch Jerusalski? Bei uns immer noch Gorbatschow. Gorbatschow kam und gleich war der Reisepass da. Und was musste ich sehen? Sie hatten sich von mir entwöhnt. Ich wurde nicht mehr gebraucht, wozu auch. Als hätte ich keine Tochter, keinen Enkel mehr ... Den Dnjepr habe ich auch nicht mehr.

Der Ontario ... Ja, ja, den gibt es. Ein See wie viele, aber im Vergleich zum Dnjepr?

Lebensmittel ... Unmengen! Wozu braucht man all das Essen? So viele Waren, wer braucht denn das alles?

Ach, ich ginge sofort zurück. Zu meinen *ugalotschki*, meinen Ecken und Gassen, zu meinem Fluss, aber sie lassen mich nicht rein, oh nein. Wäre ich jünger, würde ich kämpfen. Ich habe sechs Jahre lang um die Ausreise gekämpft, also würde ich mir auch die Rückkehr erkämpfen, wenn ich nur ein bisschen jünger wäre.

Schauen Sie.

Die Hände sind nicht mehr, was sie mal waren. Die Beine nicht. Das Herz auch nicht, *Gospodi*, wie soll das Herz nur diese Sehnsucht ertragen ...

KLAUS M., Altenheimbewohner
Über das alles

... Ich ging mit dem Antrag hierher, denn das ist das beste Haus in ganz Kanada. Die Hauspsychologin holte einen Fragebogen heraus, lächelte ein warmes psychotherapeutisches Lächeln und fing an, Fragen zu stellen, eine nach der anderen, so schnell, dass mir keine Bedenkzeit blieb und ich die Wahrheit sagte.

Die ganze nächste Nacht hindurch grübelte ich, ob ich gut geantwortet hatte.

Die erste Frage war die schwerste: nach der Nationalität. Aber auch die zweite, »Warum wollen Sie zu uns?«, war nicht leicht. Ich antwortete: »Weil ihr am nächsten an meiner Wohnung liegt.« Was für eine idiotische Antwort! Statt: »Weil ihr die besten seid…« oder »Bekannte haben mir erzählt…« – wie ein Idiot: »Ihr liegt am nächsten.«

Die Frage nach der Krankheit war einfach: MS, Multiple Sklerose.

Zum Teufel. Was hätte ich auf die erste Frage denn anderes antworten können?!

Ich lag die ganze Nacht wach, aber gegen Morgen beruhigte ich mich: Sie müssen das Gesetz beachten. Wenn es in einem Haus, das von Weißen bewohnt wird, immer einen Schwarzen gibt, wer soll dann in einem jüdischen Heim wohnen? Wer, wenn kein Deutscher?

Sie nahmen mich. Sie fragten, wohin ich wolle: in die Tagesbetreuung, ins Wohnheim oder gleich zu den Kranken. Alles liegt nah beieinander, man zieht mit der Zeit ein paar Meter weiter, das ist alles. Von einem Haus zum anderen. Das ist alles. Am Ende liegt der Friedhof, etwas abseits, diskret, das ist…

In einem unterscheiden wir uns: Sie haben keine alten Schwarz-Weiß-Fotos, und auf meinen sind Eltern, Großeltern, Cousins, Tanten. Ich habe die Fotos in die Schublade gepackt, und jetzt gibt es keinen Unterschied mehr. Wir warten und vertreiben uns die Zeit mit denselben Dingen. Wir sticken, malen und weben auf Handwebrahmen. Der Kursleiter erklärt uns, das würde unsere Persönlichkeit enorm voranbringen. Ich webe Gobelins. Vorerst nur glatte, aber der Kursleiter hat gesagt, wir würden bald mit Blumen anfangen. Ich muss nicht sagen, wie mich dieser Gedanke freut.

ADAM S., Historiker
Über den Dibbuk

*OK, ich bin ein Amerikaner, der in Frankreich als Kind Warschauer Juden geboren wurde. Sie überlebten auf der arischen Seite, trafen sich 1944 in Lublin, heirateten und flohen. Sie gehörten nicht zu den Juden, die Polen und die polnische Kultur vermissten... Was also führt mich nach Polen? Mein Dibbuk. Mein Stiefbruder, der Sohn meines Vaters, der kurz vor dem Krieg mit meinem Namen auf die Welt kam und im Ghetto verlorenging. Er sitzt schon lange in mir, seit der Kindheit, der Schulzeit, den Jahren in der »New Left Revolutionary« und der Rückkehr zum Judaistik-Studium. Seit kurzem bin ich in engerem Kontakt mit ihm. Ich habe verstanden, dass unser Verhältnis nicht feindselig sein muss, und auch, dass er leider nur Polnisch spricht...*

*Wann ich seine Stimme zum ersten Mal gehört habe? Ich lag auf dem Bett, in der schmutzigen, leeren Parterrewohnung von Bekannten, Druckern, die die Stadt für einige Zeit verlassen hatten. Das war in der Lower East Side in New York, in einer Straße, in der viele Drogenabhängige wohnten, und in der Nachbarwohnung wohl an die zwanzig Hell's Angels mit ihren Motorrädern... An dem Tag war ich von meinem letzten Versuch, »eine normale akademische Tätigkeit auszuüben« – wie mein Professor an der Universität, an der die Hälfte der Studenten arme Schwarze waren, es genannt hatte –, nach Hause gekommen. Ich hatte den Unterrichtsraum mit Furcht betreten. Ich hatte nichts zu sagen. Mittendrin ging ich ohne ein Wort, kehrte in die Wohnung zurück und legte mich hin. Vor mir das große Nichts. Ich öffnete den Mund und eine Stimme aus meinem Bauch heulte los...*

*Ob ich weiß, wer er ist, ob es ihn überhaupt gibt?*
*Stell eine andere Frage, ich werde weiter versuchen zu antworten.*

# 1989

ANDRZEJ Ż., Graf
Über die Schlacht

... Unser Gut wurde im September von der Roten Armee besetzt. Wir flohen nach Kock, die Gutsköchin lief uns schreiend hinterher: Die Sowjets haben den Fürsten verhaftet! Mutter fing an zu weinen, doch am nächsten Tag erschien ihr Bruder in allerbester Laune. Der NKWD-Offizier, der ihn verhörte, habe ihn nach dem Namen gefragt. Und dann gefragt: Haben Sie etwas mit dem Chopin-Wettbewerb zu tun? Das habe ich, antwortete mein Onkel, der den ersten Chopin-Wettbewerb persönlich organisiert hatte. Der NKWD-Mann freute sich, sie redeten über Chopin, und der Onkel war *swobodnyj*, frei.

Dann kam die Schlacht um Kock.

Dann sahen wir aus den Fenstern des Schlosses – wir hatten eine weite Sicht über die Wieprza und die Uferwiese – die Deutschen. Sie kamen in Schwarmlinie von Białobrzegi her, über die Wiesen. Sie besetzten das Schloss. Sie brüllten herum und trieben uns – Vater, meinen Bruder und mich – und die anderen Männer auf einen Hügel hinter der Stadt. Sie umstellten uns mit Maschinengewehren und jemand sagte, wir würden wohl exekutiert. Abends sagte jemand, wir würden nicht exekutiert, und wir kehrten nach Hause zurück. Mutter weckte uns: Sie hätten Geiseln genommen, sie hätten Vater mitgenommen ...

Vor einem Monat erhielt ich einen Brief. Aus Deutschland. Das Archiv in Arolsen informierte mich, dass mein Vater am 14. September 1941 um 18.25 Uhr in Auschwitz an einer schweren Darmentzündung gestorben sei. Der Brief war in deutscher Sprache und endete höflich »Mit freundlichen Grüßen«. Ich schrieb zurück, dass ich keine Briefe in deutscher Sprache wünsche.

In Ihrem Buch waren in der Erzählung über Kock vier Seiten weiß, offensichtlich hat der heutige Tag die gedruckten Wörter fortgeblasen. Ich werde es nicht reklamieren. Doch mir ist schmerzlich bewusst geworden, dass auch ich zu diesen weißen, verlorenen Seiten gehöre.

## KATARZYNA G.
Über das Leben

Sie freut sich, dass ich Vaters Sachen in ihr altes Zimmer geschafft habe. Sie will wissen, wann ich gemerkt habe, dass es Zeit dafür ist. Als sie die neue Arbeit fand oder als sie in die neue Wohnung zog? Sie haben beide Schlafzimmer gestrichen, ob Kiefernmöbel mit weißen zusammenpassen? Monika hat aus Wien geschrieben, Czarek ist immer noch in San Francisco, aber umgezogen. Beide Autos fahren, Michał ist gesund, Piotrek kann sich nicht zwischen Business and Administration und Edelsteinkunde entscheiden, was ich ihm raten würde?

# 1990

IGNATZ B., Unternehmer
Über das Leben

... Ich wurde in Deutschland geboren, vor Hitler flohen wir zu den Großeltern nach Dęblin und wohnten im Haus von Europa. So hieß der Besitzer: Europa. Łazarz Europa, Warschauer Straße 110.

Dęblin hatte achttausend Einwohner, einen recht großen Flugplatz und zwei Regimenter, Infanterie und Artillerie.

In Dęblin gab es zwei Welten. In der polnischen Welt gaben die Offiziere den Ton an. In der jüdischen Welt nähte der Schneider Nachum Luksemburg den Offizieren die Uniformen, der Friseur Manys Szajnfeld schnitt ihnen die Haare, der Kaufmann Mojsze Hochman lieferte die Backwaren und so weiter.

Während des Kriegs gab es in Dęblin ein Lager, die Gefangenen arbeiteten auf dem Flugplatz. Sie hatten Glück: Der Flugplatzkommandant, ein guter Deutscher, schickte zwar die Luftwaffe zur Liquidierung des Ghettos, aber seine Juden ließ er nicht deportieren.

Lagerältester war der Wiener Jude Hermann Wenkart. Juden, die aus Transporten geflohen waren, versuchten sich im Lager zu verstecken, aber die Deutschen verboten uns, sie hereinzulassen. Hermann Wenkart passte persönlich auf, dass keiner hereinkam, er stand am Tor und sagte: Geht, ihr bringt uns alle in Gefahr. Ihr tut mir leid, sehr leid, das könnt ihr mir glauben, aber ich muss unsere Leute retten. Sollen diese Leute euretwegen sterben? Warum sollen euretwegen alle sterben? Ich flehe euch an, geht … Tagelang stand er da und wiederholte: Geht, also gingen die Juden fort. Auch mein Vater stand vor dem Tor und ging fort, aber eines Abends schaffte es Josl Tec ins Lager, der vor dem Krieg Eis und Sodawasser verkauft hatte. Ich werde euch etwas erzählen, flüsterte Josl und erzählte die ganze Nacht hindurch seltsame, überaus seltsame Geschichten. Dass man sie in einem Güterwaggon aus Dęblin abtransportiert habe. Dass der Ort, an dem sie ausgestiegen seien, Treblinka heiße. Dass es in Treblinka Gas gebe und die Leichen stapelweise verbrannt würden. Dass er die Leichen von Dębliner Juden gesehen habe, denn er selbst habe Mojsze Hochman ins Feuer geworfen, den, der in der Okólna-Straße mit Challot und Brot gehandelt hatte. Die Leute würden nackt vergast, erzählte er, und die Kleider sortiert, weil die Deutschen ordentliche Kleidung gebrauchen könnten. Josl hatte auch sortiert, sich irgendwann in einem Waggon mit ordentlicher Kleidung versteckt und war entkommen. Auf euch wartet dasselbe, flüsterte er die ganze Nacht, ihr müsst fliehen, auf euch warten Gas und Feuer, dass ihr's nur wisst … Am Morgen verschwand er, und die Leute fingen an, seine sonderbaren Worte zu kommentieren. Feuer? Leichen? Gas? Zum Glück erinnerte sich jemand, dass Josl schon vor dem Krieg immer Schauergeschichten erfunden und den Kindern, die bei ihm Eis kauften, erzählt hatte. Das beruhigte alle. Josl hatte einfach ein neues Schauermärchen erfunden, es gab keinen Grund, sich Sorgen zu machen. In der Nacht vor der Liquidierung des Lagers erinnerten sich die Leute an Josls Worte. Die einen sagen, siebzig wären geflohen, andere sagen dreihundert, den Krieg überlebt haben fünf Juden.

Ich heiratete Ida, die Tochter von Samson Rosenman, der ein Sägewerk besaß. Sie wurde von einem Polen gerettet, Jan

Terej. Er rettete auch ihre Schwester Hala, ihren Bruder Izio und ihre Freundin Bulcia. Jan Terej hieß er.

Ich kehrte nach Deutschland zurück.

Ich fing mit Altgold an: Ich kaufte es den Deutschen ab und verkaufte es den Amerikanern. Dann kaufte ich alte Häuser, ließ sie abreißen und errichtete auf den Grundstücken Bürogebäude. Ich wollte unbedingt etwas lernen, deshalb widmete ich mich dem Geschäft – ich wollte Geld fürs Studium verdienen. Leider war ich so mit Geldverdienen beschäftigt, dass für die Universität keine Zeit blieb.

Die Leute, die in den zum Abriss bestimmten Häusern wohnten, wehrten sich und erklärten sie für besetzt. Ein Haus besetzte der spätere Abgeordnete Cohn-Bendit, ein anderes der spätere Minister Joschka Fischer, ein drittes der spätere Terrorist Peter-Jürgen Boock. Ich rief die Polizei. Fassbinder schrieb ein Theaterstück: »Der Müll, die Stadt und der Tod« – über einen Juden, der Häuser abreißen lässt, Prostituierte vergewaltigt und Zeugen ermordet. Der »Stern« schrieb, ich sei dieser Jude, dafür wurde die Redaktion wegen Verleumdung verurteilt. Am Tag der Premiere besetzten mehrere Dutzend Juden und Deutsche die Bühne, ich trug ein Transparent, die Aufführung fand nicht statt.

Entschuldigen Sie bitte, dass ich alle paar Minuten zum Telefon laufe, aber ich verkaufe gerade den Japanern ein großes Hotel. Meine Gesellschafter rufen an, und ich muss ihnen erklären, warum der Preis in Ordnung ist. Wenn Sie mich noch einmal entschuldigen… Ja, ein guter Preis, ein sehr guter. Meine Liebe, ich kann diesen Leuten nicht sagen, ich mache den Laden dicht, weil ich gerade mein Leben erzähle. Das Erzählen meines Lebens bringt keinen Gewinn.

ALINA E., Ärztin
Über Schlaflosigkeit

*Ich möchte Ihnen sagen, dass die Welt aus »Hypnose«, die – obwohl sie nie wirklich meine Welt war –, diese Schattenwelt, die Sie beschreiben, hat mich mehrere Nächte nicht schlafen lassen. Bis es mir gelang, sie wieder von mir zu schieben, in den Speicher – um es zeitgemäß zu sagen – irgendeines Computers.*

MATEUSZ M., Priester
Über den Nutzen des Alten Testaments

… Großvater kam mit Gangrän aus Auschwitz zurück, aber Großmutter kannte sich mit vielen Krankheiten aus und heilte ihn. Nach der Gangrän fiel Großvater in Depressionen, aber Großmutter konnte Kartoffelklöße machen, die ihn aus den düstersten Stimmungen herausholten. Als Großvater von Gangrän und Depressionen geheilt war, verließ er das Haus und zog mit einer anderen Frau zusammen. Nach Großvater zog mein Vater zu einer anderen Frau. Als schließlich alle ausgezogen waren – Großvater, Vater und auch Mutter –, waren nur noch wir zwei im Haus, meine Großmutter und ich.

Sie hat mich viele Dinge gelehrt. Dass man die Hungernden sättigen muss, die Nackten kleiden, den Obdachlosen Unterschlupf gewähren, den Waisen helfen – und sie hat sich immer sehr bemüht, nach diesen Grundsätzen zu leben. Trotzdem prüfte das Leben sie auf die unterschiedlichsten Arten: durch Verrat, Armut, Zurückweisung, Einsamkeit… Die Sinnlosigkeit oder vielmehr die rätselhafte

Logik dieses Unrechts hat mich die ganze Kindheit hindurch beschäftigt.

Ich studierte Theologie. Ich wollte nicht Gott mein Leben weihen, ich wollte Ihm nur ein paar ganz einfache Fragen stellen. Das Studium sollte mich lehren, nach Antworten zu suchen oder besser – sie zu hören.

Ich schloss mich einer Gruppe von Studenten an, die sich zweimal pro Woche trafen, um über das Alte Testament zu sprechen. Das waren Leute vom Polytechnikum, Mathematik- und Medizinstudenten, die es für infantil hielten, sich geistig und spirituell auf das Evangelium zu beschränken; das sei, als kenne man von einem langen Gebet nur ein einziges Wort: Amen.

Am meisten beeindruckten uns Moses Gespräche mit Gott. Vor allem die, in denen Gott verbittert droht, er werde das sündige und starrsinnige Volk vernichten – das ganze, bis auf Mose – und sich ein neues, weiseres und besseres erwählen, indes der Prophet Gott bittet, er möge ihn zusammen mit den Sündern vernichten. Das sei vielleicht der einzig wahre Weg zu Gott, überlegten wir bei einem Treffen. Indem man bei den Menschen bleibt, ist man am wahrhaftigsten – bei Ihm ...

Ich schloss das Studium ab. Ich fuhr irgendwohin, kehrte von irgendwoher zurück. Der August kam, und mit ihm der Tumult, der mich betäubte und von dem ich mich fern hielt, so gut es nur ging. Dann kam das Kriegsrecht. Auf der Straße sah ich Soldaten und Zomo-Leute, in der Kirche Menschen, die Päckchen für die Inhaftierten packten, ich dachte: alles schön und gut, aber auch ich sollte etwas tun, und ging nach Hause, wo Großmutter wartete. Sie wartete am Fenster, jeden Abend, ohne Licht zu machen, nicht aus Sparsamkeit, sondern damit sie mich schon von weitem sehen konnte, wenn ich heimkam.

Eines Tages kam ein Kommilitone aus der Bibelgruppe und sagte, in der Sakristei in Gołąbki würde jemand auf mich warten.

Es war ein schlanker, müder Mann. Er sagte, nicht weit von der Kirche warte Zbyszek Bujak, der steckbrieflich gesucht werde. Es ist nicht für lange, sagte er, eine Woche, vielleicht zwei, aber solange wir noch …

In der Sakristei war es still, man hörte, wie der Küster die Kirchentür abschloss, der Pfarrer stand mit dem Rücken zu uns und legte die Albe zusammen. Ich nickte – nun ja, solange sie noch … Es gibt ein paar Dinge zu erledigen, fuhr der Mann fort und zog ein zusammengefaltetes, zerknittertes Blatt aus der Tasche. Der Streik in Ursus war schon vorbei, aber Huta hielt sich, und sie wollten die Lage in den beiden Betrieben erkunden. Außerdem wollten sie wissen, wer sich wo aufhielt, und Kontakte knüpfen. Außerdem …

Ich brachte Bujak und seinen Stellvertreter Wiktor Kulerski (den Mann aus der Sakristei) bei zwei Bekannten unter, die mit mir das Alte Testament studiert hatten. Ehrlich gesagt, hatte ich mich nie für den Untergrund interessiert. Ehrlich gesagt, hatte ich noch nie irgendetwas organisiert und fing damit an, die Dinge zu notieren, die zu erledigen waren. Auf einem anderen Zettel notierte ich die Namen von Leuten, denen man diese Dinge anvertrauen konnte – das war nicht schwer, ich musste mich nur an die anderen Mitglieder der alttestamentarischen Bibelgruppe erinnern. Ich besann mich kurz, dann zerriss ich beide Blätter und warf die Fetzen in die Toilettenschüssel. Das war der erste konspirative Reflex in meinem Leben.

Die Leute aus dem alttestamentarischen Kreis fanden Wohnungen, organisierten Kontakte, Ärzte und Lebensmittelkarten. Der Solidarność-Untergrund begann zu funktionieren.

Großmutter starb. Sie war im Krankenhaus, bewusstlos nach einem schweren Schlaganfall. Sie kam kurz zu sich. Sie sah sich um. Sie flüsterte, ich sterbe, wie schade, dass Mateusz nicht bei mir ist. (Sie ahnte, dass mich geheime, wichtige Angelegenheiten beschäftigten. Es ist wichtig, nicht wahr, vergewisserte sie sich diskret, ohne nach Einzelheiten zu fragen. Ich bin sicher, sie hatte selbst beschlossen zu gehen. Um nicht zu stören. Großmutter wusste immer, was zu tun ist, erklärte ich den Freunden vom Alten Testament.)

Ich sagte Bujak, ich würde nicht weiter für sie arbeiten, weil ich ins Priesterseminar ginge.

Ich half ihnen, ein neues Netz aufzubauen. Ich ging ins Seminar. Ich empfing die Priesterweihe. Jetzt bin ich Vikar in einer kleinen Gemeinde auf dem Land.

Meine Gemeindemitglieder sind einfache Leute und begehen einfache Sünden.

Die Trinker geraten unters Auto und halten noch den abgebrochenen Flaschenhals in der Hand.

Der Polizist sagt dem Diebstahlopfer: Soll Mazowiecki doch selbst ermitteln, wenn er so schlau ist.

Der Instrukteur ist aus dem Parteikomitee ausgetreten und unterrichtet in der Schule Geschichte.

Der Sekretär hat mich ins Komitee eingeladen und gefragt, warum ich Priester geworden bin. Ich antwortete: Weil die Leute einen Priester brauchen.

Der Sekretär steht stundenlang am Fenster und schaut auf die Straße. Niemand kommt zu ihm ins Büro, das Telefon auf seinem Schreibtisch bleibt stumm, im leeren Regal stehen neunundvierzig Bände Lenin.

Der Gemeindepfarrer sagt zu mir: Sie taugen nicht für unsere Pfarrei.

Im Religionsunterricht erzähle ich vom Alten Testament. Ich erzähle die Geschichte von Adam und Eva und lasse die Kinder als Hausaufgabe die Schlange malen. Sie malen große, schöne, monströs fette Schlangen.

# 1991

## WOLODJA K., Ingenieur
Über Papiere

… Wir kamen mit dem ersten Transport. Wir mussten keine jüdischen Papiere kaufen, weder auf dem Trödel in Odessa noch vor dem Brandenburger Tor in Berlin (in Berlin bekommt man sie billiger, schon ab tausend). Wir hatten erstklassige Papiere: Meine Mutter hatte Babi Jar überlebt.

Sie ging mit ihren Eltern und einigen tausend anderen Juden. Als sie bei der Schlucht anhielten, umringt von SS-Leuten und Hunden, als die ersten Schüsse fielen und die ersten Körper in die Schlucht rollten, flüsterte Großmutter – bekreuzige dich und schreie: *Ja nie jewrejka, ja russkaja,* ich bin keine Jüdin, ich bin Russin. Und Mutter, die einzige Blondine in der Familie des berühmten Kiewer Friseurs Pogrebiński, fing an sich zu bekreuzigen und wühlte sich schreiend durch die Menge. Ein deutscher Gendarm führte sie heraus. In Babi Jar starben vierzigtausend Juden. Fünfundzwanzig überlebten, meine Mutter war eine von ihnen. Ihr Name und ein Foto von ihr sind im Museum, verstehen Sie jetzt, warum ich keine jüdischen Papiere vom Trödel brauchte?

Ich trug mich für die Ausreise nach Berlin ein. Die Polizei nahm die Dokumente nur einmal in der Woche entgegen und nur von dreißig Personen, also machte man eine Liste. Sie umfasste achtzehn Hefte, in jedem Heft standen tausend Namen. Einmal pro Woche bestätigten wir unsere Anwesenheit bei der Listenführerin, das nannte sich *pereklitschka*, Appell. Ich bin mit Frau und Kind ausgereist, meine Mutter steht noch immer auf der Liste. Ich hoffe, dass ihr durch das besagte Foto bei der *pereklitschka* Sonderpunkte zustehen.

LILKA Sz., Pianistin
Aus Tel Aviv. Über den ersten Satz

... Rufe ich nicht zu spät an? Störe ich nicht?

Bei uns ist nämlich Alarm.

Die Fahrstühle fahren nicht mehr, gleich werden die Raketen einschlagen.

Woher soll ich das wissen? Aus dem Irak vermutlich. Wenn Alarm ist, bleiben immer gleich die Fahrstühle stehen und man muss zu Fuß zum Schutzraum.

Ich bin nicht gegangen. Über die Treppen? Das ist nichts für mich, absolut nicht.

Nichts tue ich, ich sitze einfach da.

Entschuldige bitte, dass ich so spät noch anrufe, aber ich sitze hier ganz allein und dachte – vielleicht rufe ich Hanka an, störe ich auch wirklich nicht?

Ich hatte immer schlechte Beine. Ohne Professor Gruca könnte ich gar nicht mehr laufen, du weißt nicht zufällig, ob er noch lebt? Er hat mir nach dem Krieg beide Beine operiert, erst das rechte, dann das linke. Nein, umgekehrt, erst das linke, was sage ich, ja, das linke.

Als ich aus diesem Grab wieder herauskam, musste Großvater mir helfen, weil sich herausstellte, dass ich nicht laufen konnte.

Ohne Gruca... Könntest du herausfinden, ob er noch lebt? Ich wäre dir sehr dankbar.

Nicht mein echter Großvater, nur so ein polnischer, so

ein Totengräber, so einer in Chęciny, der das Grab gegraben hatte, habe ich dir das nicht erzählt?

Hör mal…

Ich möchte dich etwas fragen.

Was würdest du an meiner Stelle tun?

Jetzt. Wenn Raketen kämen. Wenn du nicht in den Schutzraum könntest, die Aufzüge nicht führen und du allein dasäßest, was würdest du…

Warum ein Blatt?

Aber was für eins? Weiß oder liniert?

Aber was für eins wäre besser?

Warte, leg nicht auf. Das Licht ist ausgegangen.

Ich habe eine Kerze geholt.

Kann es auch kariert sein? Das Blatt…

Warte, ich zünde noch eine an.

Na dann diktiere. Na, den ersten Satz wenigstens.

»Es ist Alarm, die Fahrstühle fahren nicht mehr…«

Im Ernst? So würdest du anfangen?

BARBARA, Philosophiestudentin
Über das Leben

Sie ist zu dem Schluss gekommen, dass man radikal handeln muss. Die Welt wird nicht auf sie aufmerksam, solange sie sich an ihre Spielregeln halten. Was kann die Welt denn schon? Forderungen an sie stellen, sie ersticken, sie mit geistloser Leere umhüllen. Ihre Freunde sagen, so sei das Leben nun mal. Sie aber will gegen dieses Leben ankämpfen. Ohne Kompromisse. Man muss diese Welt verändern, auch um den Preis der Zerstörung. Ihr Vorbild sind die Baader-Meinhof-Leute: Sie haben ihren Überzeugungen Taten folgen lassen.

ADAM B.
Aus Rom. Über Reiche

*Um das europäische Haus sorge ich mich nicht allzu sehr. Meine Aufgabe ist es ja letztlich, mich selbst und andere an das Haus des Vaters zu erinnern. Nicht umsonst sollen wir beten »Dein Reich komme« – denn unsere Menschenreiche, selbst die demokratischen oder liberalen, sind doch recht armselig. Hier ist schon Frühling…*

PAWEŁ R., Maler
Über das Leben

Das Papier, auf dem er schreibt, hat ihm eine hübsche Liliputanerin verkauft. Während sie ihm die Hefte gab, das Geld in die Kasse legte und den Rest herausgab – hat sie nicht aufgehört, ihrer normal gewachsenen Kollegin zu erzählen: *wie lästig er ist, er tut nichts, meckert nur, isst viel, schläft viel, liest andauernd, gefühlsmäßig habe ich nichts von ihm, gar nichts, früher, klar, aber jetzt nicht…* Sie war so verbittert, dass die Anwesenheit eines Kunden sie nicht störte, aber Paweł R., wiewohl er sehr neugierig auf weitere Bekenntnisse war und wiewohl er die Liliputanerin gerne gemalt hätte, folgte seinem Taktgefühl und ging seiner Wege.

PAWEŁ H., Schriftsteller
Über einen Obdachlosen aus dem Olivaer Park

*In letzter Zeit beschäftigen mich die Obdachlosen, denen ich vor Schaufenstern, im Stadtwald oder in Unterführungen begegne. Ihre flüchtigen Blicke lassen mir keine Ruhe. Nein, ich suche bei ihnen nicht Romantik, Flucht oder Herausforderung. Ich sehe zu, wie sie essen, stehlen, schlafen, sich lieben, miteinander kämpfen. Im Olivaer Park gibt es einen: Staubmantel, darunter ein paar Sweater und immer, bei jeder Temperatur, dieselbe Fliegermütze, schrecklich alt, vielleicht noch aus Żwirkos und Wiguras Zeiten. Ich folge ihm, beobachte ihn: Alle paar Schritte bleibt er stehen, hebt den Kopf in die Höhe, sieht in den Himmel und stößt irgendwelche stummen Wörter aus, einen ganzen Schwall von Wörtern. Sooft ich das sehe, läuft es mir kalt über den Rücken, denn es könnte das schönste Gebet sein, aber auch die furchtbarste Gotteslästerung. Einmal, unweit der Kathedrale (ich war gerade vergeistigt, wenn man so sagen kann, auf dem Nachhauseweg), kam er geradewegs auf mich zu. Fliegermütze, Staubmantel, die Sweater, Gummistiefel. Unsere Blicke trafen sich kurz, ich hoffte, endlich etwas von ihm zu begreifen, zu erfassen. Aber nein, ein völlig abwesender Blick, wie hinter Glas, weit weg. Und ringsum das donnernde Leben – hinter der Baumwand der Strom der Autos, Passanten, Großmütter, Enkel, Kinder, Mütter, selbst das Wetter war irgendwie frühlingshaft. Ein absolut fremder Blick, ein anderer Kontinent… Es liegt eine Frage darin, auf die ich keine Antwort finde. Vielleicht kenne ich nicht einmal die Frage?*

# 1992

ANNA N., ehemalige Einwohnerin von Dubno
Über Nachbarn

*Die Ärzte Abram Grincwajg und Isomer Grincwajg kamen aus Wien zu uns. Sie empfingen in der Listowski-Straße 17 und hatten die Telefonnummer 30. Außerdem empfingen sie im Spital, Direktor des Spitals war Dr. Baley, der ein Kleinflugzeug besaß.*

*Das Studio »Dekadenz« des Fotografen Cukier war in der Panieńska-Straße 2, das Kraftwerk war am Fluss, ich ging dort mit dem Dienstmädchen hin, um die Batterien des Radios aufzuladen.*

*Im Sommer fuhr man mit Kähnen nach Podchorzec, Droschken brachten einen zum Bahnhof und blaue Autobusse in verschiedene Gegenden Wolhyniens.*

*Meine Mutter wurde von Herrn Binsztok gerettet, einem Onkel von Fryda, mit der ich in eine Klasse ging. Fryda hatte sich während des Kriegs in unserem Hühnerstall versteckt, und nach dem Krieg beschäftigte Herr Binsztok meine Mutter in der* neftobaza, *im Öllager, und erklärte den sowjetischen Behörden, Benzin sei ein strategisch wichtiger Rohstoff und man dürfe Mutter nicht aussiedeln.*

ANNA M., ehemalige Einwohnerin von Tarnopol
Über die Müdigkeit

... Ich kam von der Arbeit zurück und sah, dass Mama weinte. Ich dachte gleich: Bunio ... Bunio hatten wir schon verloren, aber ich fragte nicht nach, ich war müde und ging schlafen. Ein paar Tage danach kam ich von der Arbeit und Mama sagte: Wir haben Jańcio verloren. Nach Jańcio nahmen sie uns Sabinka, und ich sagte jedes Mal: Ja, Mama, das ist schrecklich, aber ich muss schlafen, denn ich gehe morgen zur Arbeit.

Im Dorf Dyczków bei Tarnopol trieben die Ukrainer die Juden in eine Scheune. Mich kannte in Dyczków niemand. Ich hatte helles Haar und eine Stupsnase und ich hatte niemanden mehr auf der Welt, weder die Geschwister noch Mama, ich stand zwischen den Leuten und sah zu. Als die Flammen aufloderten, wandte ich mich ab und ging. Ich musste einfach gehen, ich erinnere mich nicht mehr, warum und wohin.

Bei Trembowla, auf einer Wiese, gruben Juden ein Grab. Ich ging auf einem bewaldeten Damm, zwischen den Bäumen. Die Wiese lag unterhalb des Damms. Ich ging, ich erinnere mich nicht, wohin und in welcher Angelegenheit, und sie gruben. Nun ja, was will man machen, dachte ich.

KRZYSZTOF K.
Über das Judentum

*Das Judentum als Thema setzt die Tragödie voraus... Kein Ausmaß der Tragödie überrascht, denn eben das erwarten wir vom Judentum. Und bekommen es. Die Frage ist nur, wie es zur Tragödie kommt. Die Antwort ist interessant, stillt aber auch unser Bedürfnis nach dem Unheimlichen, Zufälligen oder gar Erhabenen der Tragödie. Trauer, Nostalgie und Ungerechtigkeit sind dem Judentum eingeschrieben. Deshalb meint man, durch kaum eine unerwartete Wendung überrascht werden zu können.*

*Genug des dummen Geredes. Ich überzeuge Dich ja doch nicht: Ich weiß, dass Du das Bedürfnis hast, diese Schicksale zu beschreiben, und dass Du es tun musst – und dass Du recht hast. Mach weiter so, wie Du musst, gib nichts auf mein Geschwätz. Ich umarme Dich feste, sei.*

HANNA K., Reporterin
Aus Berlin[16]. Über Gäste

*Anfangs war es unbehaglich, aber seit heute ist es normal, weil mich eine unbekannte Frau anrief. Sie sagte, sie sei so alt wie ich und in Polen geboren, sie und ihre Mutter seien Volksdeutsche gewesen, sie hätten in einem Haus gewohnt, das früher einem Juden gehört habe, und ihr Vater habe ein Geschäft geführt, das gleichfalls zuvor in jüdischem Besitz gewesen sei. Sie sei Schriftstellerin, aber sie habe bis jetzt nicht den Mut gehabt, darüber zu sprechen oder zu schreiben. Sie wird mein erster Gast in Berlin sein: eine Volksdeutsche aus einer einstmals jüdischen Wohnung. Schreibt mir, viele Grüße. Meine Adresse: Eichenallee 37, 1000 Berlin 19.*

16 Brief an Mariusz Szczygiel.

TZVETAN T., französischer Philosoph
Über Erinnerungen

*Das muss ein komisches Gefühl sein – ein Aufenthalt in der einstigen Reichshauptstadt. Aber ich dachte dieser Tage, dass ein Übermaß an Erinnerung nicht gesund ist. Sieh Dir die Serben und Kroaten an, wäre es nicht besser, sie könnten wenigstens einen Teil ihrer Vergangenheit vergessen? Nur Helden vergessen nie… Nach Berlin komme ich nicht, aber ich danke für die Einladung.*

# 1993

## ANITA J., Schriftstellerin, Pianistin
Über einen Geist

*Andrzej ist mir im Traum erschienen. Er sagte: Stirb endlich, stirb, ich langweilige mich hier ohne dich. Das Wort »hier« empfand ich als interplanetare Leere. Ich stellte mir vor, Andrzejs Geist kreise zwischen den Planeten herum wie ein Kosmonaut, der nicht zur Erde zurück kann. Zum letzten Mal ist er mir vor meinem Schlaganfall erschienen. In dem Traum war auch J., er saß auf einem Schaukelstuhl, ich auf einem Stuhl, und zwischen uns ein weißer Terrier. Weder J. noch der Hund hörten, dass Andrzej an die Tür klopfte und ins Zimmer trat. Er hatte einen Bart wie ein Rabbiner und trug einen Tirolerhut. Ich fragte: Möchtest du einen Tee? und wollte sie einander vorstellen: Mein lieber Juliusz, das ist Andrzej, von dem ich Ihnen erzählt habe. Aber Andrzej verschwand. Ich weiß nicht, was dieser Traum bedeuten sollte, aber ich weiß, was der Bart und der Tirolerhut bedeuteten. Das war ein »Kampf der Geister« mit Artur Rubinstein! Rubinstein hatte nach dem Holocaust erklart, nie wieder in Deutschland aufzutreten. Und er hielt sich daran. Andrzej dagegen spielte oft und gern in Deutschland. Er sagte, er glaube nicht, dass zu seinen Konzerten gerade jene kämen, die in Majdanek seine Mutter verbrannt hätten. Das war sein Protest gegen die These von der Kollektivschuld und zugleich eine »lange Nase« in Richtung König Artur.*

*Eine Woche später brachte man mich mit dem Rettungswagen ins Spital. Die Ärztin kam jeden Tag und fragte:*

*Warum geht es Ihnen schlechter und schlechter? Auf ein kariertes Blatt kritzelte ich mein Testament. Dir, Hania, vermachte ich Andrzejs Briefe und Papiere. Dabei spürte ich wieder, dass ich genau das tue, was er sich wünscht. Er hat Dich zwar nicht persönlich gekannt, aber Du warst ihm nahe, näher vielleicht als ich. Er hat »Dem Herrgott zuvorkommen« gelesen. Das war wichtig, denn dieses Buch hat ihn davon abgehalten, seine Notizen aus dem Ghetto zu vernichten. Und er wollte sie vernichten: Er glaubte, man dürfe über das Ghetto nicht ohne Pathos sprechen, nicht ohne Schluchzen, nicht ohne Distanz, und sei sie auch nur gespielt. Doch Du hast ihn vom Gegenteil überzeugt.*

*Jetzt wird Andrzejs*[17] *Geist bei Dir erscheinen und Du wirst ihm Unterschlupf gewähren.*

17 Andrzej Czajkowski – Komponist und Pianist, Preisträger des Chopin-Wettbewerbs und des Concours Reine Elisabeth. Seinen Schädel vermachte er der Royal Shakespeare Company in Stratford; das Theater verwandte ihn in einer Inszenierung des »Hamlet«. Von Andrzej Czajkowski handelt meine Reportage »Hamlet« in »Dowody na istnienie« [Existenzbeweise].

## KRZYSZTOF K.
## Über das Leiden[18]

*Ich antworte, und weiß nicht oder vielleicht doch warum, auf einer Postkarte, von der Du denken wirst, sie würde »Europa« oder »Straßburg« bedeuten, und dazu hat sie noch Bildunterschriften auf Französisch. Aber bevor Du das denkst, sieh Dir den Einband von »Taniec« an. Der junge Różewicz hat eine schöne, schwarzhaarige Frau mit unglaublichen Augen gemalt – sie ist viel schöner als die Binoche. Ja und? Du weißt doch besser als ich, dass sich die Welt nicht in Schöne und Hässliche teilt, nicht einmal in Dünne und Dicke. In »Taniec« gibt es nichts als Leiden, und die Schönen leiden genauso sehr wie die Hässlichen, ja vielleicht noch mehr, weil sie es für ungerecht halten... Wichtig ist, dass man auf Seiten derer steht, die trauern, weil sie etwas verloren haben, oder auch, weil sie nichts verloren haben. In diesem Punkt – denke ich – tun wir beide exakt dasselbe, wir sind bei ihnen. Das sollte uns vorerst – als Zeichen des gemeinsamen Herumknobelns (Herumknopelns) – genügen.*

18 Erwiderung auf eine lange Widmung, die ich ihm in »Taniec na cudzym weselu« [Tanz auf fremder Hochzeit] schrieb. »... Du hast einen Film über etwas gemacht, das mir nahe sein sollte. Indes – wie ich Dir gesagt habe – ist dieser Film nicht für mich gemacht... Vielleicht ist sein Stoff für meine Verhältnisse zu schön. Meine Heldinnen sind klein und dick, an ärmlichen, erbärmlichen Schauplätzen, voller Erinnerungen an hässliche, arme Städte. Und bei Dir – alle sind hübsch, reden Französisch, komponieren wunderbare Musik und verwenden Wörter wie ›Europa‹ und ›Straßburg‹... Ich weiß nicht, warum ich Dir das schreibe. Vielleicht, weil Du mir gesagt hast, ich solle nicht mehr über Juden schreiben. Vielleicht, weil ich neidisch bin auf die Welt, die Du beschreibst. Ich weiß auch nicht, warum ich das in ein Buch schreibe. Oder vielleicht – weiß ich es doch...«.

WIESIA N., Bäuerin
Über Lupinensamen

*Liebe Hania, wie geht es Ihnen und was gibt es so Neues bei Ihnen? Wir sind bis auf weiteres gesund, nur ist früh der Winter gekommen und es ist frostig. Hania wir sind in Not, können Sie uns eine Million Złoty leihen? Ich würde sie Ihnen im März zurückgeben, vorher lässt sich nichts zu Geld machen. Wir haben Lupinensamen zu verkaufen, aber erst im Frühjahr, wenn die Landwirte ihn zum Säen brauchen. Und Lupinensamen ist nicht billig 30 Tausend und wir haben ein paar Tonnen. Das Geld kommt also. Aber jetzt im Winter ist es schwierig von so einer Rente also bitte wenn Sie könnten ich würde sehr bitten und Danke im Voraus.*

# 1995

ANNA K., ehemalige Einwohnerin von Sokal
Über Nachbarn

Sie arbeitete in einer Wirkerei zusammen mit Jüdinnen. Sie war mager und schwächlich, aber eine der Jüdinnen, Rózia Weker, arbeitete für sie mit. Wirklich, man weiß nicht, wie es ihr ohne Rózia Weker ergangen wäre.

*Die Juden von Sokal erlitten ein furchtbares Schicksal, ich wache nachts auf, ganz unruhig, weil ich denke, ich sollte jemandem diese Ereignisse anvertrauen. Wie auch Rózias Stricknadeln. Ich habe sie seit sechsundfünfzig Jahren, ich würde sie gern jemandem geben, der etwas mit ihnen anfangen kann. Am liebsten in jüdische Hände, aber ich kenne niemanden.*

JAN K-ski, Professor
Aus Washington

*Ich danke von ganzem Herzen für den Brief, das Buch und die guten Worte. Das erste Kapitel habe ich gelesen… Meine Augen werden schwächer. Die Operationen haben kaum geholfen. Ich lese sehr langsam. Doch ich werde es zu Ende lesen. Wir entstammen beide derselben Familie – der Menschen. Kennen Sie das Gedicht von Antoni Słonimski? Ich schließe, denn mir zittert die Hand und meine Augen beginnen zu tränen. Ich bin sehr alt und habe keine Kraft mehr. Ich küsse Ihre Hand von jenseits des Ozeans…*

KRZYSZTOF K.
Über das Herz

*Kein Wunder, dass ich in Deinen Träumen nicht in bester Verfassung bin, denn ich fühle mich auch nicht gut… In zwei Tagen muss ich wieder ins Spital, für eine Koronarographie, das ist scheußlich, sie wühlen mit einem Draht im Herzen herum, und ich muss mir das auf einem Monitor anschauen und bewundern, wie toll sie wühlen…*

*Was machst Du eigentlich in diesem blöden Amerika? Warum hockst Du dort? Dein Englisch hättest Du doch auch bei den Methodisten oder sogar im Gespräch mit mir verbessern können? Siehst Du wenigstens Kasia und Michał öfters? Wenigstens das? Ich umarme Dich feste, noch immer lebendig (still alive)…*

HANNA K.
Aus Amerika[19]. Über Ruhm

*In Iowa hat es 38 Grad und 35 Schriftsteller. U. a. von den Fidschis, aus Papua-Neuguinea, Äthiopien und dem Benin… Ich bin hier eine bekannte Person, weil Krzysztof Kieślowski in einem Buch geschrieben hat, ich gehöre zu seinen engsten Freunden. Das Buch ist übersetzt worden und die, die es gelesen haben, kennen nicht nur Kieślowskis Filme in- und auswendig, sondern auch die von ihm erwähnten Freunde. Ein Schriftsteller aus Neuseeland konnte gar nicht glauben, dass ich das bin und dass ich Krzysztof Kieślowski kenne! Persönlich!!*

19 Brief an Mariusz Szczygiel.

*Ist Ihnen aufgefallen, dass man heute gar nicht mehr auf den Menschen schaut, sondern nur noch auf Computerbildschirme? Als wir in Chicago ankamen, erfuhren wir, dass wegen eines Sturms die Hälfte der Flüge gestrichen worden war. Die Schlangen waren kilometerlang, aber ich vollbrachte ein Wunder: Ich bewirkte, dass der Beamte am Computer den Blick vom Monitor löste und mich ansah! Ab da war alles ganz einfach – er fand einen anderen Flug, buchte uns um usw. Man muss diese Kunst perfektionieren – den Menschen vom Computer zu trennen!*

*Meine Adresse:*

*Mayflower Res. Hall, Room 829 C*
*2220 N. Dubuque St.*
*Iowa City, IA 52242, USA*

*Bitte informieren Sie mich über alles Gute, Schlechte und Mittelmäßige.*

*Ich umarme Sie*

# 1997

JANINA N., Rentnerin
Über Rohre

*Im Bad läuft das Wasser. Die Verwaltung tut nichts. Ich habe die Armatur an der Wanne wechseln lassen (hundert Złoty), aber es nutzt nichts, das Wasser läuft weiter, ich bin ständig am Aufwischen, ich gebrauche das Bad nicht und benutze auch nicht den Gasofen, ich rufe bei dir an, aber das Telefon ist immer besetzt …*

HALINA B., Erzieherin
Über das Leben

*Sind Sie die Schwester von Tadzik und Niutek Krall aus der Fret-Straße? Ich war vor dem Aufstand mit ihnen im pädagogischen Zentrum in Rybaki. Vor mir liegt ein Foto von ihnen, ich trage es mit dem Personalausweis bei mir, Tadzik steht, Niutek sitzt, die beiden Kralls. In einigen Tagen werde ich 85. Bei einem Luftangriff habe ich das Gehör verloren, außerdem ist seit kurzem mein linkes Bein steif. Trotzdem muss ich einkaufen und kochen. Mein Mann ist vor vier Jahren gestorben. Ein paar Monate nach ihm starb meine geliebte Tochter Barbara, eine diplomierte Pharmazeutin. Ihre Brüder, Tadzik und Niutek, erinnern sich bestimmt an mich.*

STANISŁAW E., Kaufmann
Über ein Begräbnis in Tykocin

*Ich versuche selber nach dem Gespräch mit Ihnen ein paar Worte aufzuschreiben die ermordete Familie hieß Osopowic er hieß Abram Iser es waren 8 Personen sie wurden auf dem Friedhof in Tykocin begraben alle in ein Loch man trug sie auf solchen Brettern* 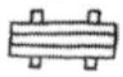 *x 8 diese Bretter sind verbunden mit einem Seil die ganze Stadt war zu dem Begräbnis. Ich auch. Diesen Brief vom Namen Hr. Kapica schreibt Elinson Stanisław geb. 1922 Warschau Żurawia-Straße 24. Wenn Sie Rechtschreibefehler oder sprachliche Fehler finden verzeien Sie bitte denn ich habe schon Jahrzehnte nicht meer auf Polnisch geschrieben.*

# 1998

TADEUSZ M., Großgrundbesitzer
Über das Wichtige

... Großvater gehörte das Land von Kock bis Plebanki. Großvater hatte auch den ersten Traktor, aber Erntemaschinen gab es zwei, unsere und die vom Grafen Żółtowski. Die Bauern ernteten mit der Sense, also trocknete ihr Getreide mal, mal wurde es nass, während unseres, wunderbar trocken, gleich zum Dreschen ging. Wir brachten die Körner zu Zakaliks Mühle und nur zu diesem Mehl, gemahlen aus unserem Getreide, hatte der Kocker Rabbi Vertrauen. Das Getreide für die Matzen darf keinen Regen abbekommen, darum geht es.

Zu Beginn des Kriegs konnte ich Juden als Arbeiter nehmen, also nahm ich David. Ein junger, kräftiger, hübscher Junge, ein echter David, nur dass er in Talczyn als erster starb.

Icek Zakalik, dem Enkel des Müllers, gab ich eine Mauser, und Heniek, dem Sekretär des Judenrats, eine fünfschüssige FM. Ich hatte neununddreißig alles vergraben, grub es aber wieder aus, als sie mir sagten, sie würden sich nicht lebend fangen lassen. Heniek erschoss sich mit meiner FM, und Icek, Gerszon, Robaczek, Grzebień und etwa zwanzig andere versteckten sich bei meiner Cousine Pola[20] in der Kornscheune. Wir hatten nur die neuesten Geräte. Die

20 Über Apolonia Machcińska-Świątek schrieb ich ausführlicher in den Reportagen »Narożny dom z wieżyczką« [Das Eckhaus mit Türmchen] und »Pola« [auf Deutsch in dem Band »Hypnose«.]

Ackerwalze und die Honigschleuder lieh Graf Żółtowski öfters aus, das Getreide lagerten wir in Verschlägen – den Buchweizen extra, den Hafer extra, Weizen und Hirse extra –, aber darunter war Raum, und dort versteckte meine Cousine die Juden. Sie sind alle umgekommen, die Cousine in Plebanki, die Juden auf unserem Feld hinter der Kornscheune. Nur Icek entkam, der Enkel des Müllers Zakalik. Er schoss sich mit meiner Mauser den Weg frei und schaffte es in den Wald. Später sah man, wie er aus dem Wald kam, immer nachts, und fragte, wer Juden denunzierte. Angeblich übte er mit der Mauser Gerechtigkeit.

Der beste Arzt in Kock war Doktor Flomen. Ich brachte ihn mit der Britschka aus der Stadt, unterwegs stürzte meine Stute, die wunderschöne junge Stute stürzte zu Boden, und weil die Bauern meine Pferde und meine Britschka kannten, informierten sie den Bürgermeister: Machczyński hat Flomen Richtung Ryki gefahren. Der Bürgermeister sagte: Hau ab, Tadek, und ich verschwand für lange Zeit in unserem Wald. Flomen überlebte und stand nach dem Krieg als Arzt dem Regime nahe. Als ich in Abwesenheit die Todesstrafe bekam, sagte er: Hau ab, Tadek, du bist verurteilt worden. Ich verschwand wieder. Das war alles. Später? Später ist nichts Interessantes mehr passiert. Auch nichts Wichtiges. Das war alles.

LESZEK A., Arzt
Über das Bett

... Vor langer Zeit hatte einer unserer Cousins die Taufe empfangen, den Namen gewechselt, in den Legionen gekämpft und anschließend eine junge hübsche Deutsche geheiratet. Er starb während des Kriegs. Seine Frau zog ins deutsche Viertel in der Stadtmitte, sie aß in teuren deutschen Restaurants und genoss auch sonst das Leben. Ich war ein leichenblasser Junge mit gefärbten Haaren und angstvollen Augen. Ich wurde in Schränken und leeren Gräbern versteckt, als Mädchen verkleidet, und floh vor jedem fremden Blick, und meine Mutter beschloss in einem Anflug von Verzweiflung, die deutsche Tante um Hilfe zu bitten. Sie empfing uns herzlich, sah mich an und sagte, am sichersten wäre ich unter ihrem Bett. Schon am ersten Tag kam ein Mann in die Wohnung, sie tranken, redeten auf Deutsch und legten sich in das Bett, unter dem ich lag. Am nächsten Tag kam ein anderer Mann. Meine Tante war also eine gewöhnliche deutsche... Es machte mir nichts aus, im Gegenteil, ich hörte mir genau an, was über mir geschah, das Keuchen und die Seufzer, denn meine Tante übte ihren Beruf überaus gewissenhaft und mit großer Lust aus. Ich lag unter dem Bett, vollgepinkelt und hungrig, aber glücklich, denn das war der sicherste Platz in der ganzen Stadt. Ach was, heute denke ich, es war der sicherste Platz im ganzen Generalgouvernement, ja vielleicht im ganzen besetzten Europa.

Mama besuchte mich alle paar Tage. Ich erzählte ihr nichts von meinen Erlebnissen, ich klagte nicht, im Gegenteil, ich wollte, dass so lange wie möglich alles blieb, wie es war. Doch leider. Eines Abends hämmerte es an die Tür und einige Deutsche kamen in die Wohnung. Es ging ihnen nicht um Liebe. Sie suchten nichts, aber sie nahmen die Tante mit.

Nach ein paar Stunden kam sie zurück, blass und schweigend. Ein Offizier hatte die Tante in einem Brief von der Front beschuldigt, sie hätte ihn mit Syphilis angesteckt. Es wurde unangenehm und ich musste die gastliche Garçonnière verlassen.

Nach dem Krieg ließ sie sich in Schlesien nieder. Sie reiste nicht nach Deutschland aus. Die Syphilis fraß sie nicht auf. Sie ist vor kurzem gestorben, vor ihrem Tod schenkte sie mir noch einen schönen alten Spiegel. Er hängt bei mir zu Hause. Ich betrachte ihn mit verständlicher Rührung.

# 1999

## JANINA N.
## Über eine ungestellte Frage

... Ich war heute bei Stach. Ich habe Blätter aufgesammelt, die Blumen gegossen, ein bisschen auf der Bank gesessen.

Hast Du die Hände auf dem Grabstein bemerkt? Ein Zeichen, dass er aus einer bedeutenden Familie kam, von den Priestern. Er war sehr stolz darauf, er wollte unbedingt, dass die Hände eingraviert würden, er bat mich, darauf zu achten.

Sie, die Priester, hatten ihn gerettet. Er war schon auf dem Platz. Die Waggons standen schon bereit, sie sollten schon einsteigen, da packte ihn ein Deutscher am Arm und schrie *zurück, zurück*!

Warum Stach?

Woher soll ich das wissen? Er war beim Ordnungsdienst, er war groß, kräftig. Erinnerst Du Dich, was für ein großer Mann er war?

Sie brachten ihn in die »Zofiówka«. Das war ein Spital für Verrückte, überall lagen Leichen und ein Deutscher befahl ihm, er solle sie begraben.

Hundertacht.

Er muss sie gezählt haben, denn er wusste genau, wie viele er an diesem Tag begraben hatte.

Sie waren noch warm.

Er muss sie berührt haben.

Alle fuhren mit diesen Waggons: sein Vater, seine Mutter, seine Frau, seine Schwester mit Familie.

Er hatte eine Frau, ja.

Ich weiß nicht, von Kindern hat er nie gesprochen. Vielleicht hatte er welche, ich weiß es nicht. Wir waren dreißig Jahre zusammen, aber ich habe nie danach gefragt.

Später war die »Zofiówka« eine Pension. Die Deutschen erholten sich dort von der Arbeit, und Stach trug Kohlen für sie, hackte Holz, kümmerte sich um die Blumen. Es gab einen schönen Garten dort und viele Blumen.

# 2000

HALINA W., Rentnerin
Über Marysia

... Jeder zweite Einwohner unserer Stadt war Jude.

Jeder zweite Schüler in unserer Klasse war Jude.

Ich saß in einer Bank mit Marysia, meiner besten Freundin.

Als wir neun waren, kam jeder zweite Schüler aus unserer Klasse ins Ghetto.

Eines Tages sah ich auf der Straße einen Gendarmen mit drei jüdischen Kindern, sie waren bestimmt ausgerissen, um etwas zu essen oder sonst was zu finden. Zwei Jungen und ein Mädchen, die Jungen kannte ich nicht, das Mädchen war meine Marysia.

Ich folgte ihnen.

Sie gingen zur Wache.

Ich dachte: Ich überhole sie, werfe mich vor dem Gendarm auf die Knie und sage: Das ist meine Marysia, lassen Sie sie gehen.

Der Deutsche trug hohe Schaftstiefel. Ich dachte, wenn ich knie, umfasse ich diese staubigen Stiefel und küsse sie.

Sie gingen nicht schnell, also überlegte ich im Gehen, wie ich mich hinknie, wie ich die Stiefel umfasse, wie ich sage, das ist Marysia, Herr Deutscher, lassen Sie sie gehen, das ist meine beste Freundin, meine Marysia. Ich sagte es vor mich hin, als sich die Tür der Wache hinter ihnen schloss, und auch noch auf dem ganzen Weg nach Hause.

# 2001

EDWARDA P., ehemalige Einwohnerin von Chorzów
Über Freundinnen

*Ich erlaube mir, Ihnen Fotos aus dem Mädchengymnasium in Chorzów aus den Jahren 1932 und 1933 zu schicken. In der ersten Reihe stehen von links Bela Horowitz und Hania Kriegstein, die zweite von links in der dritten Reihe – das ist Hela Goldfarb, meine beste Freundin. Sie schrieb mir eine Karte aus dem Kielcer Ghetto: »Denk daran, du musst den Krieg überleben.« Wenn Sie die Fotos nicht gebrauchen können, werfen Sie sie bitte weg. Ich bin 81, ich fühle mich sehr schlecht, ich bin sehr schwach und deshalb ist meine Schrift so hässlich. Verzeihen Sie bitte, dass ich Ihre Zeit vielleicht übermäßig in Anspruch nehme …*

# 2002

## KATARZYNA G.
Über mein Buch

*Ich habe »Ach du bist Daniel« gelesen… Ich habe vor dem Abflug zu Hause angefangen, habe im Warteraum für privilegierte Air-Canada-Passagiere weitergelesen und bin im Flugzeug fertig geworden. Es sollte doch nicht traurig werden. Sicher, es ist weniger traurig als Deine anderen Bücher, aber ich habe auch nichts sonderlich Frohes gefunden. Hier wird einer krank, da stirbt einer, jemand anderes hat ein krankes Kind, wie es im Leben halt ist. Sogar in unseren Supermärkten musste es etwas Trauriges geben – dass die Leute nicht miteinander reden. Ich weiß schon, es hätte nicht gepasst, duftendes Basilikum und Minze oder die Farbe der Mangos zu beschreiben. Kann man nach dem Holocaust überhaupt noch über duftendes Basilikum in kanadischen Supermärkten schreiben? Nun, ich saß also im Warteraum für die Privilegierten zwischen verschiedenen (natürlich kostenlosen) alkoholischen Getränken und las vom Tod der Mutter und mir war überhaupt nicht froh zumute. Zum Glück wurden wir aufgerufen und ich musste die Lektüre unterbrechen. Im Flugzeug war ich nach einer Stunde fertig, hatte aber noch eine Stunde Flug vor mir und musste mich mit der »Elle« begnügen…*

*PS: Ich bin schon in Rhode Island, der Kurs ist nicht schlecht, interessanter als der letzte. Ich möchte nicht, dass Michał im Sommer nach Europa fliegt, es herrscht zu großes*

*Durcheinander. Außerdem hat er jetzt die Abiturfächer, und die Noten sind wichtig für das Studium.*

BOLEK Sz., Sohn des alten Sz.
Über das Leben

...In der Ciepła war mein Großvater Unterrabbiner, in der Twarda verkaufte meine Großmutter Bejgl, in der Grzybowska war die Gemeinde. In die Grzybowska ging man immer donnerstags, denn einmal in der Woche bekam jeder arme und jeder gelehrte Jude von der Gemeinde einen Fisch, ein Stück Challa und ein paar Złoty für Hühnersuppe. Freitags wurde Hühnersuppe und gefilte Fisch gekocht, und samstags ging man zur Synagoge.

Eines Donnerstags fühlte sich Großvater schlecht, als er aus der Gemeinde kam. Am Freitag ging es ihm noch schlechter, und am Samstag starb er. Das war die Grippe, die man die spanische nannte.

Am darauffolgenden Donnerstag ging Großmutter Challa und Karpfen holen, am Freitag kochte sie, und am Samstag legte sie sich ins Bett und starb.

Nach Großmutter starb Josek, der ältere Bruder meines Vaters. Vielleicht auch am Sabbat, ich bin nicht sicher. Wenn es für deine Pointe besser ist, von mir aus am Sabbat.

Vater blieb allein, und die Polizei brachte ihn zum Herrn Doktor Korczak. Zum Herrn Doktor... Vater sprach nie anders von ihm.

Herr Doktor Korczak war, wie die ganze Welt weiß, ein ganz wunderbarer Mensch und seine Lehren waren auch ganz wunderbar, nur – nu leider – ausgerechnet nicht für meinen Vater. Vater war ein kräftiger, gesunder, selbständiger Junge, und als er vierzehn war, verließ er den Herrn Doktor.

Er wurde Träger. Auf dem Platz unweit des Danziger Bahnhofs – ein gutes Jahrzehnt später nannte man ihn Umschlagplatz – trug er Obstkisten und Stoffballen, aber diese Arbeit wurde ihm langweilig, und er beschloss, Schuster zu werden.

Er arbeitete bei Dursztyn und Bigelman in einer kleinen Schuhfabrik, aber – nu leider – die Besitzer machten Bankrott. Es war ein schöner Bankrott, erinnerte sich Vater voller Anerkennung, ein sehr schöner, der Dursztyn und Bigelman eine schöne Entschädigung verschaffte, sie gingen nach Frankreich und eröffneten eine Fabrik für feine Damenschuhe.

Vater beschloss, Bäcker zu werden. Er arbeitete in Benio Michalewiczs Bäckerei, aber – nu leider – Michalewiczs Gesellen Jojne und Chajzele fingen an, Falschgeld zu produzieren. Benio bekam Wind davon, er sagte, Jungs, hört auf damit, und den Jungs blieb nichts anderes übrig, als Benio Michalewicz zu erwürgen.

Vater beschloss, Eisverkäufer zu werden. Er brachte es zu einer eigenen Bude, einer großen sogar, mit zwei Fenstern und einem eigenen Schild mit einer schön gemalten Waffel, aber dann kam der Krieg – nu leider.

Vater verbrachte ihn in Sibirien, wo er Wälder rodete und Straßen baute. Nach Polen kehrte er in einer zerlumpten Uniform zurück, also ging er als erstes zum Różycki-Basar.

An einem Stand mit Herrenbekleidung saßen zwei Frauen, eine junge hübsche und eine ältere mittelmäßige. Die ältere besah sich die Uniform und Vater und fragte ihn aus – wer er sei, woher er komme, ob noch Junggeselle sei – und gab ihm den besten Anzug zum halben Preis, die junge sagte nichts.

Das waren Franciszka und Tamarka, Abraham Nowickis ehemalige Dienstmagd und seine jüngste Tochter.

Denn was stellte sich heraus.

Es stellte sich heraus, dass Franciszka am ersten oder zweiten September neununddreißig zu Herrn Nowicki gesagt hatte: Wissen Sie, was die Leute bei uns in der Szwedzka sagen? Sie sagen, dass es euch schlecht ergehen wird in diesem Krieg. Vielleicht sollte ich Tamarka zu mir nehmen? Sie überschreiben mir einen Stand auf dem Różycki-Basar, damit wir etwas zum Leben haben, und nach dem Krieg, so Gott will, treffen wir uns alle in der Szwedzka-Straße, Ecke Stalowa, Sie kennen ja meine Adresse, und Sie bekommen Ihre Tochter und Ihren Stand zurück.

Als man mit dem Bau der Mauer begann, überließ Abraham Nowicki Franciszka zwei Stände – einen mit Herrenbekleidung auf dem Różycki-Basar und einen mit Gummischuhwerk auf dem Kiercelak – und übergab ihr seine jüngste Tochter, sein Tamerle. Er meldete sich nicht in der Szwedzka, denn er starb mit seiner Frau und den beiden älteren Töchtern in Treblinka.

Aber zurück zu meinem Vater, nun schon im zivilen, ordentlichen Anzug zum halben Preis.

Sie kamen nach Hause – denn sie wohnten weiter bei Franciszka, Szwedzka-Straße, Ecke Stalowa – und Franciszka sagte: Er ist Jude und Herr Nowicki hätte bestimmt gern, dass du einen jüdischen Ehemann bekommst. Was macht's, dass er nicht jung ist… was macht's, dass er nicht schön ist… Sicher, er ist eher hässlich und eher klein, aber Jude ist Jude, Herr Nowicki hätte sich bestimmt gewünscht… Und Tamerle erlag Franciszka und meinem Vater und ich kam zur Welt.

Vater wurde Totengräber.

Er sagte: Die Grzybowska ist weg. Die Ciepła ist weg.

Die Twarda ist weg. Was soll ich also bei euch? Hinter der Mauer habe ich mehr Bekannte als bei den Lebenden – und er blieb bis zu seinem Tod auf dem jüdischen Friedhof.

Ich übernahm den Friedhof von ihm.

Ich heiratete.

Ich hatte eine sehr schöne Frau. Mit grünen Augen. Mit rotem Haar bis zur Hüfte … Vielleicht nicht ganz bis zur Hüfte, vielleicht bis zu den Schultern, aber ihre Wimpern und Brauen waren schwarz, obwohl sie sich nicht schminkte. Schwarze Wimpern und Brauen zu roten Haaren, die sich lockten, obwohl sie nie eine Dauerwelle machte.

Als unser Sohn acht war, sagte sie mir, sie liebe einen anderen.

Ich blieb allein. Nachts allein, frühmorgens allein, und tagsüber zwischen den Gräbern.

Ein Kollege sagte: Das ist doch kein Leben, Bolek, lass uns ins Casino gehen, Bingo spielen. Was für ein Bingo, sage ich, ich habe noch nie im Leben gespielt … Es ist nicht schwer, sagte der Kollege, komm wir gehen ins Casino.

Was soll ich sagen, irgendetwas zog mich dorthin.

Nu, es zog mich hin, nu, ganz offensichtlich …

Wir setzten uns an einen Tisch. Eine junge Frau kam zu uns, schmal, groß, in einem knappen schwarzen Kleid. Sie beugte sich zu mir – ich bemerkte ihre schlechte, picklige, mit Creme vollgeschmierte Haut – und hielt mir einen Fächer von Karten hin. Ich wählte aus. Alle wählten ihre Karten langsam, mit Überlegung, nur ich hatte meine ruckzuck zusammen. Die Glaskugel mit den Zahlen begann sich zu drehen. Sie hielt an, etwas fiel heraus und die junge Frau verkündete: Zweiundfünfzig. Auf dem Bildschirm leuchtete die Zahl 52 auf, ich sah in meine Karten, klar, habe ich. Die Kugel drehte sich, eine Nummer fiel heraus, die Frau rief: Achtunddreißig. Ich schaute … Habe ich. Die Kugel drehte sich … Was soll ich dir sagen. Ich hatte alle Nummern und sagte: Bingo. Das Mädchen kam angelaufen, prüfte nach und rief: Alles korrekt, Bingo!

Wenn man eine solche Summe gewinnt – es war eine hohe Summe, eine sehr hohe –, dann fühlt man sich merkwürdig. Als hätte einen jemand berührt. Als hätte jemandes Finger oder sogar die ganze Hand …

Einen Teil des Gewinns spendete ich für unseren Friedhof, ich wusste ja, wessen Hände mich berührt hatten und dass ich mich erkenntlich zeigen sollte.

Ich gründete eine Stiftung.

Ich lernte eine Frau kennen und das Leben wurde erträglich.

Eines Tages sitze ich in meinem Büro und sehe durchs Fenster, dass ein Polizist auf den Friedhof kommt. Hinter ihm ein zweiter. Dahinter ein dritter mit einem kleinen Leinensack und ein vierter mit einem Fotoapparat. Wenn Sie bitte mit uns kommen würden, sagt der erste Polizist zu mir.

Sie gehen in Korczaks Richtung. Wir alle gehen in Herrn Doktor Korczaks Richtung, hinter dem Denkmal bleiben sie stehen. Was ist das, fragen sie mich. Das hier … Keine Ahnung, sage ich ehrlich überrascht, irgendein Wildwuchs. Wildwuchs? Sie sind erwachsen und wissen nicht, wie Marihuana aussieht?

Sie machten Fotos. Sie holten eine Sichel aus dem Sack und ruckzuck … Sie machten das ganz geschickt. Sie machten einen Haufen und zündeten ihn an. Der Rauch umhüllte den Herrn Doktor Korczak und die Schar seiner Kinder auf dem Denkmal, ein blauer, sehr angenehmer Rauch. Wissen Sie etwas über den Anbau, fragt der erste. Über welchen Anbau? Darüber, dass hier wild etwas wuchs?

Zweiundzwanzig Jahre. Auf den Tag genau. So lange war ich auf dem Friedhof. Nu leider.

# 2003

EWA A., Einwohnerin von Nowy Sącz
Über Jakub

Er kommt von weit her, immer zum Frühjahr *(erst kommen die Störche, dann die Schwalben und gleich nach ihnen erscheint Jakub).*

Er öffnet die Synagoge, in der es keine Thora gibt und in der außer ihm niemand betet.

Er öffnet das Tor zum Friedhof, für den es keine Toten mehr gibt.

Er wird Ordnung machen.

Er beginnt mit dem Gras – es ist gewachsen und hat sich geneigt *(der Wind fährt hinein, Samen und Blütenblätter schwirren umher, die Kirschbäume verschwinden darin, auch die Akazien und sogar der Flieder und dieses Geschwirre dauert bis zum Herbst).* Er bittet gute Leute um Hilfe. Die Leute mähen, und er passt auf, dass sie, Gott behüte, keine Mazewa zerkratzen.

Das Ohel, das Grabmal des Zaddiks, säubert er persönlich, anschließend zeigt er, welche Äste an den Bäumen gestutzt werden müssen. Das ist wichtig, denn den Zaddik besuchen Nachkommen der Priester. In biblischen Zeiten tat der Priester Dienst im Tempel – er brachte Opfer dar, schlichtete Streit, heilte Lepra – und viele Dinge waren ihm verboten, er durfte sich etwa nicht zu nahe an Leichen aufhalten, um nicht unrein zu werden. Deshalb betritt auch der Urenkel eines Priesters keinen Friedhof. Deshalb muss man die Äste beschneiden, die einen Schatten auf die andere

Seite des Zauns werfen. Wenn die Nachfahren der Priester auf der Wiese stehen, um sich von weitem vor dem Zaddik zu verneigen, wirft kein Friedhofsbaum seinen verbotenen Schatten auf sie.

Er beendet die Arbeit. Von der Frau, die den Schlüssel zum Tor verwahrt, leiht er sich einen Stuhl. Er setzt sich zwischen die Gräber. Er schweigt. Er betet. Er schreibt einen Brief und legt ihn ins Ohel. Er bittet den Zaddik um Vergebung, weil er vielleicht jemanden zu Unrecht verurteilt, angeklagt oder auf andere Weise verletzt hat.

Er geht spazieren.

Er spaziert gern durch Nowy Sącz.

Er wandert stundenlang und zeigt Ewa A. die wichtigsten Orte.

Wo der Laden war, in dem seine Mutter Handtaschen, Handschuhe, Halstücher, Schleifen, Spitzen und sonstige Kurzwaren verkaufte.

Wo Tante Lejbas Haus stand.

Wo die Tante Eierkörbe und Pappkartons mit Hähnchen abstellte, wenn sie sich zum Geflügelmarkt nach Grybów aufmachte.

Wo der Cheder war, von dem er abends in der Dämmerung nach Hause ging und sich den Weg mit einer Kerzenlaterne beleuchtete.

Wo Pinchas wohnte, der den ersten Autobus in der Stadt hatte.

Wo Ninal, der nichts hatte und der Stadttrottel war.

Wo Szlajmef, der Kutscher.

Wo die Milchfrau … wie hieß sie nur? Ablezerowa?

Wo …

Die Tage werden immer kürzer.

Störche und Schwalben ziehen fort.

Er schließt das Friedhofstor, schließt die Synagoge (»Die

wahre Synagoge ist die, in der niemand mehr betet …«[21]). Er kommt nach Hause zurück und macht sich gleich wieder Sorgen: Die Bäume sind beschnitten, das Gras ist gemäht, der Zaun geflickt. Was soll er im nächsten Frühjahr machen? Zum Glück gab es Föhn. Er hat die Pfähle der Umzäunung umgeworfen und die größte Weide (schreibt ihm Ewa A.). Im Fallen könnte sie, Gott bewahre, eine Mazewa beschädigt haben. Und das ist längst nicht alles (tröstet ihn Ewa A.). Bis zum Frühjahr wird es noch manchen Föhn geben, *Sie werden alle Hände voll zu tun haben.*

## JANINA N.
## Über die Dinge

… Weißt du noch, was du wem geben sollst, wenn ich tot bin?

Die Wohnung habe ich der Ärztin vermacht, das weißt du.

Den Fernseher gib dem Totengräber, er soll sich um Stachs Grab kümmern.

Die Mangel der Hausbesorgerin. Sie ist neu, ich habe sie nicht benutzt. Ich weiß nicht, ob sie's verdient, aber sei's drum.

Komm, ich zeige dir, wo das Geld für das Begräbnis liegt. Das ist kein Staub, hör auf zu niesen, das ist Naphthalin.

Du nimmst dir die Uhr, Großvater hat sie von der Weltausstellung aus Paris mitgebracht. Und den Zylinder nimm auch. Jurek trägt keinen Zylinder? Großvater trug einen, auf der Hochzeit seines Bruders. Er liegt im Entresol, in einer Schachtel, neben der Mangel.

21 Jehuda Amichai [zitiert und übersetzt nach »The Jewish Quarterly«, Herbst 2006].

WOJCIECH T., Reporter
Aus Bali

*Ich habe die ersten Schritte unternommen, um den zum Tode verurteilten Terroristen zu treffen. Am Ort des Anschlags vom letzten Jahr steht schon ein großes Denkmal mit den Namen der Opfer (nach Ländern geordnet). Hauptsächlich Australier. Auch Engländer und Deutsche. Eine Equadorianerin. Und unter Polandia – Beatas Name. Japaner machen Fotos und lächeln in die Kamera. Daneben – ein Stand mit T-Shirts »Fuck you TERRORISTS«.*

*An dem Attentäter bleibe ich dran, obwohl ich nicht weiß, ob ich wirklich zu ihm durchkomme. Sie erlauben es nicht. Aber ich fahre zu seinem Vater nach Java. Nicht zum Vater des Attentäters, über den wir gesprochen haben, sondern zum Vater des Hauptdrahtziehers des Anschlags, Imam Samudra. Samudra ist Literaturwissenschaftler oder Literaturkritiker. Sein Vater beharrt darauf: Mein Sohn ist kein Terrorist, mein Sohn liebt Bücher. Ich halte es vor Neugier kaum aus, aber alles auf meiner balinesischen Reise hat seine Zeit…*

MONIKA C., Ordensschwester, Pallotinerin
Über Sehnsucht

*Ich habe keine Geschichte für Sie, in meiner Familie gab es keinen Onkel, der wie Rudolf Valentino aussah, keiner meiner Verwandten hatte zwei Mütter, keiner war Jude oder hat welche gerettet. Ich schreibe eine Magisterarbeit über Sie: »Der Mensch, die Geschichte, das Beschreiben und der Imperativ des Erinnerns.« Dank dieser Arbeit lerne ich*

*Geschichten kennen, die »davor« geschahen, und Menschen, die nicht grau werden, nicht dick und nicht alt. Die in mir Trauer, Leere, Neid und Sehnsucht wecken, Sehnsucht nach den Zaddiks, nach Großmutter Minas Sessel und Pesia Safirs hölzerner Eisbude, nach denen, die Matzen buken, an Chanukka Kerzen anzündeten, Gänsefett zerließen und die Zerstörung des Tempels beweinten…*

# 2004

## EWA A.
## Über die andere Straßenseite

Sie ist in einen Neubau gezogen, zwischen zwei Vorkriegsbauten. Sie fühlte sich nicht wohl, schlief unruhig, mal schien ihr, jemand laufe durch die Wohnung, mal kam es ihr vor, als klopfe jemand an die Tür oder schaue durchs Fenster herein. Sie dachte, hier hätte früher ein dritter Altbau gestanden, etwas Schlimmes wäre geschehen und die einstigen Bewohner würden sie nun besuchen. Sie sah sich alte Karten und Stadtpläne an – nein, hier stand kein Haus. Es gab einen Garten, der ans Nachbargebäude angrenzte und der Doktorsgattin Tauba Grun gehörte. Sie hat alte Leute gefragt, was früher in dem Garten wuchs. In der Mitte ein Nussbaum, und in den Rabatten Salat, Bohnen, Dill und anderes nützliches Gemüse, das Tauba gesät hatte. Unter dem Baum stand ein Tisch. Die Bewohner saßen an Sommerabenden dort, tranken Tee oder spielten Karten. 1941 gingen sie ins Ghetto. In das Haus zogen neue Bewohner und setzten in den Rabatten nützliches Gemüse.

Von Tauba Gruns Garten blieb ein kleiner, leerer Hof. Ewa A. hat dort einen Nussbaum gepflanzt. Sie bekam ein Kind. Sie hört keine Schritte und kein Türklopfen mehr.

Auf der einen Straßenseite war das Ghetto, auf der anderen eine Kirche und ein Jesuitenkloster.

Über die Straße dazwischen trieb man Menschen – auf den Friedhof zum Erschießen. Die Fenster des Klosters waren verhängt, also sahen die Mönche nicht, wer da ging. Die Klostermauern waren dick, also hörten sie weder die Schreie, das Weinen, die Schüsse, noch die Gebete.

Im Winter 1941 lernten die Priesteramtskandidaten im Jesuitenseminar ein neues Weihnachtslied. Es war noch vor dem Krieg im hiesigen Kloster entstanden, und jetzt hatte jemand einen mehrstimmigen Chorsatz dafür geschrieben. Dank dessen konnten die Seminaristen erstmals singen, dass jedes Füchslein seinen Bau und jedes Vögelein sein Nest hatte, »nur für Dich gab es kein Obdach, Du suchtest Dir eine Krippe«. Sie sangen schön, ergreifend. *Die Muttergottes auf dem Bild bei den Jesuiten hörte den Gesang, aber verstand die Worte nicht und strich sich das Haar hinters Ohr. Sie hatte langes, gelocktes schwarzes Haar und dunkle, traurige Augen. Sie zog sich warm an, es war ja Winter. Sie warf sich einen dicken Wollmantel über, unter dem die Ärmel ihres roten Kleids herausschauten, sie war schon bereit zum Aufbruch, aber der Gesang dauerte an und sie wollte noch zuhören. Sie suchte nach einem warmen Tuch, rollte es zusammen und legte es sich auf den Schoß. Ihr Sohn war gerade aufgewacht. Sie nahm ihn auf den Arm. Er trug ein langes, weißes Schlafgewand. Sie wollte es ihm ausziehen, sie hatte es selbst genäht, aus Leinen mit kleinen rosafarbenen Nelken, aber dann dachte sie, ich wickle ihn doch in das dicke Tuch und den Mantel. Deshalb setzte sie sich noch einmal kurz hin, während sie von Füchslein und Vögelein hörte, sie setzte sich hin, wie man sich vor einer langen Reise hinsetzt. Durch die leicht geöffnete Kirchentür zog es kalt herein. Sie sah die andere Straßenseite. Dort gehen wir hin, sagte sie halblaut. Wir beide … Dorthin … und lächelte dem Sohn zu.*

MICHAŁ S., Altphilologe
Über das Beten

*Meine Mutter hat mir eine Geschichte aus dem Krieg erzählt. Es war 1939 in Ostpolen. Die Russen hatten ihren Bekannten geschnappt und zum Erschießen in den Wald gebracht. Sie stellten alle in einer langen Reihe auf und legten einen nach dem anderen um (sie hatten wenige Gewehre und es dauerte). Währenddessen ging der Kommandeur ihre zuvor konfiszierten Papiere durch. Als die Schüsse immer näher kamen, begann der Bekannte meiner Mutter, ein Atheist, zu beten. Und als sein Nebenmann schon umgelegt worden war, fragte plötzlich der Kommandeur des Exekutionskommandos »Wer ist hier der Lehrer« und nannte seinen Namen. Sie zogen ihn aus der Reihe. Der Rest wurde erschossen. Er bekehrte sich. Ja. Und ich frage, wie viele der anderen wohl ebenso innig gebetet haben?*

*Post Scriptum: Ich gebe noch meinen Senf zu den lateinischen Zitaten in »Wyjątkowo długa linia« [»Eine ausnehmend lange Linie«]. Auf Seite 23 steht der Satz »... opere naturali próbował załatwić«. »Załatwić« verlangt den Akkusativ, aber »opere naturali« ist ein Instrumental, es müsste also »opus naturale próbował załatwić« heißen, vielleicht noch »opere naturali próbował się załatwić«. Die erste Form wäre besser. Ich schreibe Ihnen das, damit Sie es in einer Neuauflage korrigieren können.*

MARYSIA L., Studienfreundin
Über Grójec

*Ich habe eine schlaflose Nacht hinter mir, die ich mit »Eine ausnehmend lange Linie« verbrachte. Ich ging mit Dir in dieses alte Haus und die Geschichten über seine Bewohner wollten mich nicht loslassen, bis die nächtliche Kühle wich, bis das Licht des Mittelmeers ins Zimmer fiel, sein scharfer Strahl auf den dunklen Einband traf und ich die Dichterin mit dem leuchtenden Zopf, die nie aus ihrem Lublin herauskam, deutlich vor mir sah. Wie meine Mutter, die nie aus Grójec herauskam – weder während des Kriegs, als sie umherirrte, noch in den 40 Jahren des Exils. Ich sehe sie in der Wärme des israelischen Nachmittags und mich, wie ich ungeduldig im Sessel hin und herrutsche und diskret auf die Uhr schaue, obwohl ich genau weiß, dass ich sie vermissen werde, sobald ich den Autoschlüssel ins Zündschloss stecke, sie, die auf dem Sofa eingeschlafen ist, die Hände zusammengeballt über einem aufgeschlagenen polnischen Buch.*

# 2005

KRYSTYNA H., ehemalige Einwohnerin von Krościenko
Über die Nachbarn

*Die Deutschen schnappten sich eine schöne sechzehnjährige Jüdin, das Mündel des Synagogendieners, hielten ihr ein Gewehr in den Rücken und befahlen ihr, ihnen die jüdischen Häuser zu zeigen. Das Mädchen ging wie in Trance und zeigte ihnen die Häuser, und sie schossen. Als sie das ganze Städtchen durchhatten, gingen sie zum Wirtshaus »Przełom« gegenüber dem Jagiełło-Denkmal, dem Mädchen befahlen sie, vor dem Wirtshaus stehen zu bleiben. Sie tafelten, und das Mädchen weinte. Als sie fertig waren, kamen sie heraus und erschossen sie. In Krościenko leben Leute, die noch mehr solcher Geschichten kennen, vielleicht interessiert Sie das.*

DOROTA N., Lehrerin im Ruhestand (in Katowice-Koszutka während einer Autorenlesung)
Über Türen

... Man hatte sie schon auf dem Marktplatz zusammengetrieben, eigentlich waren sie schon weg, nur zwei Mädchen, vielleicht sieben, acht Jahre alt, waren übrig. Sie waren allein, ganz allein auf der leeren Straße.

Sie versuchten, irgendwo unterzukommen und klopften an die Türen. Sie liefen von Haus zu Haus und klopften.

Die Türen waren verschlossen, die Fenster mit Gardinen verhängt.

Die Mädchen begannen gegen die Türen zu hämmern und zu schreien.

Sie waren so alt wie ich, ich war auch acht.

Ich stand nicht weit weg, auf der Brücke.

Sie hämmerten mit ihren kleinen Fäusten gegen die Türen und schrien: Hilfe! Hilfe!

Und wissen Sie was? Keine einzige Tür ging auf.

Und als die Mädchen weg waren, als die letzten Fuhren vom Marktplatz abgefahren waren, wissen Sie, was da geschah? Da gingen alle Türen auf und die Leute stürzten zu den jüdischen Häusern und trugen die Sachen hinaus, trugen, trugen, trugen.

Die Frage?

Ach so, man muss eine Frage stellen.

Gut... Dann möchte ich fragen, ob wir Polen so furchtbar sind, oder ob der Mensch so schlecht ist. Sie müssen nicht antworten, wenn Sie keine Lust haben.

EWA A.
Über Krzysiek

... Wacek war hier gewesen, Krzysiek auch, und jetzt ich. Ich ging den Flur entlang, an den Zellentüren vorbei und sagte mir immer wieder: Wacek war hier, Krzysiek auch... Der Vergleich war unangemessen, denn jene hatten Gestapo und Sicherheitsdienst hergebracht und mich nur das Kriegsrecht, aber so oder so hielt ich die Familientradition aufrecht.

Wacek wurde durch Julian Tuwim gerettet. Der schrieb schöne Briefen zu Gunsten von Verurteilten – »die Angelegenheit, in der ich mich an Sie wende, ist die wichtigste, vor die mich das Schicksal auf meinem bisherigen Lebensweg gestellt hat«, schrieb er an Bierut, er ging zu ihm und las ihm den ganzen Brief vor – laut, vom Blatt. In Waceks Fall gab es keinen Brief, nur ein Telefonat. Tuwim wählte eine Nummer, sprach kurz mit jemandem, legte auf und sagte: Präsident Bierut hat versprochen, Sie zu begnadigen. Und tatsächlich, er begnadigte ihn, die Todesstrafe wurde in lebenslänglich umgewandelt, nur dass Różański zu einer Inspektion ins Gefängnis kam. Er sah Wacek auf dem Flur und sagte im Vorbeigehen, ohne stehen zu bleiben: Bist du das, Lipiński?[22] Lebend kommst du hier nicht raus… Irgendjemand erzählte Krzysiek später, sein Vater hätte sich mit einem Handtuch an einem Heizungsrohr erhängt. Ein anderer, er wäre von der Galerie im dritten Stock des Gefängnisflurs gesprungen. Noch ein anderer, die Kriminellen hätten ihn auf Geheiß der Leitung in der Zelle erstickt und die Leiche ans Rohr gehängt…

Sie befahlen mir, mich in den Flur zu setzen und zu warten. Ich setzte mich auf den Boden, zu beiden Seiten standen zwei Ermittler – und wir warteten. Ich war ruhig, toll gekleidet, weil ich von Krzysiek eine rote Jeans aus den Westpaketen bekommen hatte – und plötzlich sah ich ein paar hohe Tiere den Flur entlangkommen. Alle in Uniform, sie sahen aus, als inspizierten sie das Gefängnis. Und ehe ich noch nachdenken konnte, hatte ich den Satz im Ohr – »Bist du das, Lipiński?« Mich packte eine irrationale, panische Angst…

Eins der hohen Tiere blieb stehen: Und du, Kind, weswegen bist du hier? Ich flüsterte: Ich bin eine Extremistin, eine Politische. Er fasste mich am Kinn und sagte: Es wird eine Amnestie geben, mach dir keine Sorgen…

Ich kam wieder zu mir.

22 Wacław Lipiński (1897-1949), Legionär, Oberst, Historiker, Freiheitskämpfer.

Es war gar nicht so schlimm.

Ich habe ein paar Dinge gelernt, nicht die allerwichtigsten.

Dass man sich um Handtücher bemühen muss, aus denen sich Fäden zum Sticken heraustrennen lassen.

Dass sich aus Kippen und Zeitungen Zigaretten und sogar Zigarren drehen lassen.

Dass der Tee stärker wird, wenn man Schmerzmittel dazugibt.

Dass man, wenn man einen Gegenstand verschluckt, gerade sitzen muss und sich nicht bewegen darf, bis das Verschluckte im Magen angekommen ist.

Dass man nicht an Zuhause denken soll – weder an den Mann noch an die Kinder.

Eines habe ich nicht gelernt: mich nicht nach Krzysztof zu sehnen.

Der übrigens gar nicht mein Mann war.

Mit dem ich drei Kinder habe.

Der leicht stotterte.

Der dem Gerichtsvollzieher half, unseren Fernseher und den Kleiderschrank zu versiegeln, und anschließend mit ihm Wodka trank und Käse aß, und der Gerichtsvollzieher lieh ihm Geld, damit er die Schulden bezahlen konnte, und zahlte es persönlich in die Gerichtskasse ein.

Der immer strubbeliges, wie vom Wind zerzaustes Haar hatte, selbst wenn gar keinen Wind wehte.

Der seit zwanzig Jahren tot ist.

## JANINA N.
## Über Dinge

... Schon wieder hat jemand mein Radio kaputt gemacht.

Jemand macht mir absichtlich alles kaputt – mal das Radio, mal das Telefon, mal die Uhr.

Ich habe von deiner Mutter geträumt. Sie sagte: Ich habe unsere Hausbesitzerin getroffen, sie hat sich sehr gefreut, mich zu sehen, und gefragt: Was macht denn dein Französisch?

Erinnerst du dich noch, wem du was geben sollst, wenn ich tot bin? Bringst du auch nichts durcheinander?

Den Fernseher bekommt die Hausbesorgerin, das weißt du.

Nein, nicht der Totengräber. Die Hausbesorgerin. Der Totengräber bekommt die Mangel. Wie, warum? Kann er etwa keine neue Mangel gebrauchen? Sie ist im Entresol, wie der Zylinder. Wie, gibt es nicht? In meiner Wohnung gibt es kein Entresol? Ich habe keine eigene Wohnung mehr?!

# 2006

STANISŁAW S., Veteran
Über unsere Juden

... Friedhöfe sind im Krieg von großem Nutzen. Die Grabmale bieten Deckung vor Beschuss von jenseits der Mauer. Man schläft im Gras zwischen den Gräbern (ich hatte Glück und fand ein leeres Grab, sehr ordentlich, ausgemauert, offenbar hatte man es nicht mehr geschafft, jemanden zu bestatten). Auf den Granitplatten kann man essen – wir aßen meist Tomaten, und das Wasser holten wir von der Pumpe am Haupteingang. Unsere Juden erklärten uns, das sei keine gewöhnliche Pumpe. Wenn man einen jüdischen Friedhof verlasse, solle man ein Gebet sprechen und sich die Hände waschen, und mit diesem Wasser hätten sie sich früher gewaschen.

Unsere Juden, das waren die, die wir aus dem Lager in der Gęsia befreit hatten. Wie glücklich sie waren, meine Liebe! Einer wollte mir die Hand küssen, ein anderer schleppte einen erbeuteten Eimer Honig an. Ich zog meine Hand weg, Mensch, erklärte ich, was soll denn das, aber es war ein ungarischer Jude und wir konnten uns nicht verständigen. Oder ein holländischer, schwer zu sagen, die meisten waren Ausländer.

Und der Honig war mir zu süß, ich konnte ihn nicht essen, ich sagte, ich gäbe ihn den Jungs in der Küche, sie verstanden wieder nicht und waren traurig, dass ich nicht aß. Unsere Juden standen sofort in Reih und Glied und machten Meldung. Lederman war es wohl, er stand stramm: Herr Kommandeur, der jüdische Trupp meldet sich bereit zum Aufstand.

Die Tomaten brachte ein Mädchen aus der Nachbarschaft, wir kannten sie nicht, sie sagte, sie wohne in der Nähe und ihr Vater habe einen Schrebergarten. Sie hatte helles Haar. Sie trug immer dasselbe Kleid, grün, mit kurzen Ärmeln. Sie hatte braungebrannte Arme. Die Tomaten habe ich gewaschen, sagte sie jedes Mal, nahm sie aus dem Korb und legte sie auf die Tischdecke auf dem Grab. Daneben schüttete sie etwas Salz. Die Tomaten schmeckten gut und dufteten, sie kamen direkt vom Strauch. Nach ein paar Tagen kam sie nicht mehr, ich dachte, sie hätte schon alle Tomaten geerntet. Ich sah sie in der Sołtyk-Straße. Sie lag auf der Fahrbahn, neben ungefähr zwanzig anderen Erschossenen. Ich erkannte sie gleich: grünes Kleid, Sandalen an den nackten Füßen, das helle Haar hatte sich mit geronnenem Blut vermischt.

Einen Deutschen zu erschießen, war nicht schwer. In den ersten Tagen liefen sie über den Friedhof, und wir zielten aus der Deckung der Grabmale heraus auf sie. Auf einem der Wege fand mein Verbindungsmann einen Deutschen. Er nahm ihm den Helm ab, öffnete den Gürtel, nahm den Karabiner und trug alles zu der rituellen Pumpe und begann zu putzen. Zuerst wusch er das Gewehr. Dann ließ er Wasser in den Helm laufen und goss es mitsamt dem Blut und den Hirnresten auf die Erde. Wieder und wieder ließ er Wasser hineinlaufen, das Wasser färbte sich immer weniger rot, zum Schluss klebte er ein Pflaster auf das Einschussloch und setzte sich den Helm auf. In den Gürtel machte er zusätzliche Löcher. Er nahm das Gewehr in die Hand und war bereit für den Aufstand. Er sagte, er wäre vierzehn, vielleicht war er es auch. Ein schmächtiger, kleiner Junge. Er war mit einem Brief von seiner Mutter gekommen, sie erklärte sich einverstanden, »dass mein Sohn seinen Dienst bei den Warschauer Aufständischen leistet«. Er kam in der Altstadt um. Seine Mutter muss auch umgekommen sein. Wäre sie am Leben geblieben, so hätte sie nach ihrem Sohn gesucht, sie suchte aber nicht, also ist sie im Aufstand umgekommen.

Ich bekam sechs Splitter ab und führte als Kommandeur der Verwundeten 63 Personen durch die Kanäle. Im Feldspital holten sie vier Splitter heraus (der fünfte wurde mir nach dem Krieg in der Haft entfernt, der sechste nach der Entlassung aus dem Gefängnis in Wronki) und ich schlug mich nach Czerniaków durch. Ich lag auf dem Balkon, im ersten Obergeschoss, ein Deutscher schoss auf mich, und ich stürzte mit dem Balkon herunter. Der Panzer feuerte weiter, und die zweite Etage fiel auf mich, zum Glück nicht ganz, ein Teil der Balustrade blieb über mir hängen, und ich konnte atmen. Ich dachte, ich verrecke in diesen Trümmern vor Hunger und an den Wunden, aber Jakub Wiśnia, einer von unseren Juden, befreite mich. Er sagte zu Fil, seinem Kommandeur: Świst war auf dem Balkon dieses Hauses. Und wenn er auf dem Balkon war, dann liegt er jetzt unter den Trümmern, wir müssen ihn suchen. In der Nacht kam er mit Fil, sie gruben mich aus, trugen mich auf einer Tür zur Weichsel, Berlings Soldaten verfrachteten mich auf ein Schlauchboot und brachten mich ans andere Ufer.

Nach dem Krieg ging ich in eine preiswerte private Kneipe, um Suppe zu essen, immer in dieselbe, in der Zielna. Einmal bin ich mit der Suppe fertig, wische den Teller mit dem Brot aus, da bleibt jemand hinter mir stehen. Ein Mann. Ich drehe mich um … er steht stramm. Ich höre:

Herr Kommandeur, Jakub Wiśnia macht Meldung. Wie sich herausstellte, war er der Besitzer der Kneipe. Fortan bekam ich Suppe, ein Hauptgericht und ein Glas Obstsaft – gratis, Tag für Tag.

Vierzig Jahre später meldete er sich noch einmal. Er war alt, hatte keine Kinder, hatte niemanden mehr und lebte ohne Trauschein mit einer polnischen Frau zusammen. Eine nette, freundliche Frau. Er fragte, ob er eine Bescheinigung bekommen könne, dass er in der »Zośka« gekämpft hatte. Natürlich konnte er, er hatte ja gekämpft. Er sollte mich einige Tage später anrufen. Statt seiner rief seine Frau an. Die Bescheinigung wurde nicht mehr gebraucht, gebraucht wurde ein Sarg. Ich ging zu seinem Begräbnis. Der Rabbiner bat mich, ein paar Worte zu sagen. Ich stand über Jakubs Kopf und erzählte ihm alles noch einmal. Unser Angriff auf das Lager, der Eimer mit Honig, »der jüdische Trupp meldet sich bereit zum Aufstand …« Ich erzählte von der Nacht in den Trümmern unter dem Balkon … Ich redete und redete, und die Juden schluchzten laut. Besonders die Frauen. Meine Liebe, wie sie weinten, alle miteinander.

Ich ging langsam zurück, dabei sah ich mich um. Und dachte: Dieses Grabmal wäre bei Beschuss eine gute Deckung. Massiv, hoch aufgerichtet. Wem gehörte es? Advokat Meyet. Ich erinnerte mich nicht, ob es uns damals nützlich war. Das Mädchen hätte seine Tomaten auf die Platte legen können. Auf der Grabplatte von Chaja Bersohn stand: »Als Gattin züchtig und ehrlich, als Mutter liebend und zärtlich …« Neben dem Rabbiner Poznański hätte man schlafen können. Ich nicht, ich hatte mein leeres, gemauertes Grab, aber die Jungs hätten es bequem gehabt. »Wäre nicht dein Gesetz mein Trost gewesen, ich wäre vergangen in meinem

Elend …« hatten sie dem Rabbiner auf den Grabstein geschrieben. Ich dachte, dass dieser Psalm auch für mein Grab taugen würde.

## JANINA N.
## Über Straußenfedern

… Michał? Eine Freundin? Hast du sie schon gesehen?

Hör zu …

Dieser Michał, das ist doch ein Verwandter von dir, oder?

Dein Enkel, ach so.

Was meinst du, wird er sie heiraten?

Denn wenn er heiratet, was wirst du zur Hochzeit anziehen?

Weißt du, was du anziehen solltest?

Ich weiß es. Eine Tunika.

Aus schwarzem Samt.

Oder aus Velours-Chiffon, das wäre eleganter.

Lass dir eine schwarze Tunika mit Straußenfedern nähen.

Die Federn müssen unten sein. Und sie muss glockig sein. Leicht glockig, aber nur unten.

Die Federn auch glockig, natürlich, warum stellst du so dumme Fragen.

Dunkel…, dunkelrosa.

Deine Mutter trug so eine. Im Karneval. Ach, wie sie aussah, wie eine Balletteuse. Du wirst auch wie eine Balletteuse aussehen.

## JOLANTA J., Emigrantin
Über eine Kindheitsszene

*Mein Bekannter aus Malmö wurde 1940 von den Ursulinerinnen aufgenommen. Die Schwestern erzählten, er sei als zehn Tage alter Säugling auf der Straße gefunden worden. Wie kann das aber sein, wenn sein Gedächtnis die folgende Episode bewahrt: Ein möbliertes Zimmer, durch das offene Fenster hört man Tumult, ein Junge schiebt einen Stuhl heran, um herauszuschauen, doch die molligen Beinchen bleiben zwischen den Stäben der Lehne stecken. Auf sein Weinen kommt eine Frau in einem blauen Kleid ins Zimmer und fleht ihn an, er möge sich beruhigen. Er wird eilig auf den Dachboden gebracht, wo sich schon einige andere Personen aufhalten. Einer der anwesenden Männer sagt: Seht mal, was für speckige Beine das Kind hat. Diese Szene lässt ihm keine Ruhe, er ist nicht sicher, ob sie sich überhaupt so ereignet hat, manchmal denkt er, er habe sie irgendwo gelesen, vielleicht in einem Ihrer Bücher? Ich verbinde mit diesem Brief keine Erwartungen, ich freue mich nur, dass Sie ihn gelesen haben.*

# 2007

JERZY R., Einwohner von Otwock
Über zwei Dinge

... In den Ferien arbeitete ich bei meinem Onkel. Der letzte Gast ging um Mitternacht, der Onkel schloss hinter ihm ab und griff zur Flasche. Wir saßen zu zweit im leeren Restaurant und der Onkel begann zu erzählen. Vom Wald. Vom Partisanenkrieg. Von den Sabotageaktionen der Heimatarmee. Von der Flucht nach Italien gleich nach dem Krieg. Von dem Teich, in dem er sich an der Grenze versteckte. Wir saßen oft bis zum Morgengrauen, dann ein bisschen Schlaf und wieder an die Arbeit, um zwölf fing der Lunch an. Es war ein feiner Laden, in einem Londoner Vorort. Polnische Gerichte, Goralentrachten. Premier Heath besuchte uns, der Onkel servierte ihm höchstpersönlich Rouladen mit Buchweizengrütze, und abends wie immer die Aktionen, die Heimatarmee, die Flucht ins Ausland. In diesem Teich hatte er durch ein Rohr geatmet, war es Kalmus? Oder Schilf? Wohl eher Schilf.

Eines Nachts erzählte er nicht von Partisanenabenteuern, sondern von seinem Elternhaus. Er war selten dort, meist kam er erst nachts nach Hause, und einmal stolperte er im Dunkeln über etwas. Er wunderte sich, denn er kannte jeden Strauch, jeden Stumpf auf dem Anwesen, aber hier – er spürte es deutlich – lag etwas unter dem Balkon. Etwas recht Großes, aber er hatte keine Lust nachzuschauen und ging schlafen. Am Morgen weckte ihn seine Mutter: Frau Tuwim liegt unter dem Balkon, wir müssen sie begraben. Sie holten Schaufeln und hoben unter einer Kiefer ein Grab aus. Seine Mutter fragte: Sollen wir den Baum markieren oder merken wir ihn uns? Sie hielten es für besser, ihn nicht zu markieren.

Wir hatten viele Kiefern, fünfzehn etwa. Sie sind weg. Sehen Sie, was hier los ist? Sie werden krank und verdorren, keiner weiß, warum. Irgendeine Seuche, eine furchtbare Kiefernpest. Auch jene Kiefer ist eingegangen. Sie vertrocknete und musste gefällt werden.

Die Großeltern hatten das Grundstück von der Jüdin Chana Takser gekauft und ein Haus darauf gebaut.

Das ist das Haus.

Das ist das Zimmer.

Das sind die Tür und die Klinke.

Sie war in der »Zofiówka« behandelt worden und hatte sich in polnischen Häusern versteckt, zuletzt bei uns.

Hier war die »Zofiówka«.

Hier war der Garten.

Es gab Mauern.

Es gab Treppen.

Es gab eine Terrasse. Die Patienten lagen da und atmeten. Die Luft war gesund, besonders im Frühjahr. Dann blühen die Kiefern, alles ist mit gelbem Staub bedeckt und man muss tief einatmen.

Das Ende kam am neunzehnten August. Alle wurden abtransportiert, und dann durchkämmten die Deutschen die Häuser. Sie kamen zu meiner Großmutter. Sie sahen die Jüdin. Sie schossen. Sie warfen sie vom Balkon.

Tuwim kehrte aus den Staaten zurück und kam zu uns. Er fragte nach seiner Mutter. Meine Großmutter fragte nach

Geld. Es steht uns zu, sagte sie. Für die Betreuung, für das Risiko. Und dafür, dass wir sie begraben haben. Tuwim fragte, wo das Grab sei. Großmutter sagte, unter der Kiefer, aber wir hatten viele Kiefern, fünfzehn etwa.

Tuwim drängte nicht weiter. Er ging. Und kam in Begleitung zurück, Sicherheitsdienst oder Miliz. Dieses Mal zeigte ihm Großmutter, unter welcher Kiefer.

Sie starb an Krebs. Im Bett machte sie ihr Testament: Wer das Haus bekommt, wer das Federbett, wer den Pelz und die Daunenkissen. Sie war penibel, sie schrieb alles auf. Fast alles. Bis auf ein Möbelstück, das nicht viel wert war, mit einem Loch in der Sitzfläche, unter das man einen Eimer oder einen Nachtopf stellte. Frau Tuwim hatte ihr Zimmer nicht verlassen und den Toilettenstuhl benutzt.

Das ist der Stuhl, ich habe ihn auf dem Dachboden gefunden. Das einzige, was von ihr geblieben ist.

Na und Julian Tuwims Gedicht – »Mutter«.

Na, dann also zwei Dinge.

## JANINA N.
### Über das Wichtigste

... Ich bin so unglücklich.

Ich verliere das Gedächtnis, ich kann mich nicht an das Wichtigste erinnern.

Ich habe es schon wieder vergessen ...

Was ist das Wichtigste?

Siehst du, ich erinnere mich nicht.

Was ist das Wichtigste ...

Was das Wichtigste ...

Was ...

....................

....................

Ich weiß schon. Ich weiß es, ach ja.
Das Klistier.
Dass du's weißt.
Wundere dich nicht.
Lach nicht.
Eines Tages wirst du schon noch selbst begreifen, was das Wichtigste ist.

ZENONA M., Witwe
Über den Zug. Über das Zeichen

... Es war in den Ferien, ich kam von Hel zurück und fuhr zu meiner älteren Schwester. Mein Verlobter hatte mich zum Zug gebracht, abholen sollte mich von H., der meiner Mutter lieber gewesen wäre, denn er tanzte schön und war Graf.

Überall Gedränge, wie immer in den Nachkriegszügen, ich stehe mit der Tasche im Gang, da kommt aus einem Abteil ein Mann – in eleganten Breeches und blitzenden Schaftstiefeln – und sieht mich an. Er nimmt meine Tasche, legt sie wortlos auf die Ablage, kommen Sie herein, sagt er, es gibt noch Platz, und seine Augen üben eine solche Macht aus, dass ich hineingehe und mich gehorsam neben ihn setze. Wir kommen ins Gespräch ... Worüber er auch spricht, über Bücher, Gott oder seine Mühle, denn als ehemaliger Grundbesitzer betrieb er eine Mühle – in seinen Worten ist so viel Schwung, dass ich ihm einfach zuhören muss. Ich rede natürlich auch, über die Schule, über meine Schwester, die ich besuchen will, und dass mir die Ungläubigen leid tun, weil sie hilflos und auf sich allein gestellt sind. Ihm gefällt durchaus, was ich sage, aber der Zug bremst vor einem Bahnhof, er erhebt sich und sagt, hier ist meine Mühle, leben Sie wohl ... Ich sage, Sie steigen aus? Wie schade ... Und er, ich fahre mit Ihnen weiter, wenn Sie es wünschen. Ich sage, ach, was reden Sie ... Und der Zug hält im Bahnhof, und ich sehe ihn durchs Fenster, in seinen Breeches, den Schaftstiefeln, mit der Reitgerte in der Hand steht er noch auf den Stufen, er springt mit einem Satz auf den Bahnsteig, so anmutig, so leicht, sei's drum, denke ich traurig, schade ...

Graf von H. erwartete mich wie vereinbart, ein attraktiver Mann, ich will nichts sagen, aber, mein Gott, einfach kein Vergleich, und wir gehen spazieren. Wir reden – über die Schule, über Bücher, aber mein Gott ... Er bringt mich zu meiner Schwester, und dort herrscht Aufregung, weil ein fremder Mann da war, in Breeches und Schaftstiefeln, er hat nach mir gefragt und einen Brief hinterlassen. Es ist eine Karte: »Ich bin im Café Słowiańska und werde bis um drei auf Sie warten.« Es ist schon fast drei, also werfe ich die Tasche in die Ecke, lasse den Grafen stehen und laufe, laufe ...

Wissen Sie, dass es kein Jenseits gibt?

Ich weiß es. Vor seinem Tod hat er versprochen, dass er mich wissen lässt, wenn es ein Jenseits gibt. Ich warte, lausche, halte die Augen offen – kein Zeichen. Nichts. Er hat immer Wort gehalten, er war ein Ehrenmann, also weiß ich: kein Zeichen, kein Jenseits.

# 2008

MICHAEL Sch., Rabbiner
Über Bystander

... Bei mir war eine Frau. Eine Polin. Blond, nicht mehr jung, mit hellen Augen. Eine normale Polin.

Sie wohnten in der Schule. Auf dem Schulhof wurden Juden zusammengetrieben. Sie sah sie durchs Fenster und kroch unters Bett. Als sie wieder unter dem Bett hervorkam, war der Hof leer, nur diverse Sachen lagen herum, Fotos, Schlüssel, Federn, ein Topf, wie immer, wie jedes Mal, wenn Juden gingen.

Am nächsten Tag brachte ein Deutscher einen Mann und zwei Mädchen, eines war älter als die Frau, es war sechs oder sieben. Es trug ein festliches Samtkleid. Ein blaues. Der Deutsche stellte sie in einer Reihe auf, das Mädchen in Blau sah sie an, das andere starr geradeaus.

Eine ruhige, ausgeglichene Frau, diese Polin. Mechanik-Ingenieurin. Sie sagt, das Mädchen habe sie, ganz bestimmt sie angesehen und seitdem sei es bei ihr. Jeden Tag. Sie fragt, was sie tun soll, denn nur sie hat gesehen, wie das Mädchen im Samtkleid erst schaute und dann von den Kugeln zu Boden geworfen wurde. Schmal, blass, mit schulterlangen Zöpfen. In weißen Strümpfen.

Sie fragt: Was soll ich tun, Herr Rabbiner, denn wenn ich sterbe, dann wird diese Kleine in niemandem mehr sein, wissen Sie vielleicht, was man mit so einem Mädchen macht?

Man hat sie neben der Straße begraben, die Leute laufen über ihre Köpfe und das stört sie vielleicht.

Wir werden hinfahren und darüber nachdenken, das ist in der Nähe von Lublin.

Sie hat eine Enkelin, sagt sie. Schmal, blass, mit schulterlangen Zöpfen.

Die Juden hatten ein furchtbares Schicksal, das weiß ich ja, aber das Schicksal dieser polnischen Bystander war auch nicht angenehm, was meinst Du?

ZBIGNIEW M., Rentner, Einwohner von Otwock
HANNA G., Hausfrau, Einwohnerin von Paris
Über ein rothaariges Mädchen

Z. M.

Zu unserer Nachbarin Frau Szpakowska kam eine Jüdin. Sie sagte, sie habe zwei Kinder gehabt. Sie habe beide an der Hand gehalten, aber die Deutschen hätten angefangen zu schießen, der Junge sei erschrocken, habe sich losgerissen und sei fortgelaufen. Er sei verschwunden. Sie sei mit der Tochter stehengeblieben. Sie habe sie weiter an der Hand gehalten, aber schon überlegt, dass sie nicht zusammenbleiben könnten, denn sie hätten beide ein fatales Aussehen. Ein einzelnes Mädchen mit fatalem Aussehen hat bessere Chancen, erklärte sie Frau Szpakowska, unserer Nachbarin.

H. G.

Izio. Der Kleine, der verschwand. Und das Mädchen hatte feuerrotes Haar. Ich habe keine Ahnung von wem, niemand in der Familie war rothaarig. Ich bin mir sicher, unsere Großmütter waren Schwestern. Rot war während des Kriegs keine gute Haarfarbe, ich vermute, sie hatte ihr ein Tuch um den Kopf gebunden. Obwohl ein Kopftuch an einem heißen Augusttag auch nicht die beste Idee war. Es waren sonnige Tage, die ganze Zeit keine einzige Wolke am Himmel.

Z. M.

Die Jüdin sagte Frau Szpakowska, sie habe ihre Tochter auf der Straße stehengelassen. Vielleicht kümmert sich jemand um sie, sagte sie und gab ihr ihre Kennkarte mit Foto. Damit die Tochter, wenn sie überlebe, wisse, wie ihre Mutter ausgesehen habe. Sie verabschiedete sich. Sie ging irgendwohin.

H. G.

Ich vermute, sie ging zum Transport. Der Sohn war verschwunden, die Tochter hatte sie auf der Straße stehengelassen – wo anders hätte sie hin sollen?

Z. M.

Frau Szpakowska konnte nicht nach dem jüdischen Mädchen suchen, sie musste ihre eigene Tochter retten – die war bei einer Razzia geschnappt worden und sollte nach Deutschland deportiert werden. Sie lief zur Polizei. Der Kommissar war mein Vater.

Sagen Sie nicht immer »Blaue Polizei«, »Blauer Polizist«, dabei läuft es mir kalt den Rücken herunter. Ihnen auch? Na, sei's drum.

Sie kannte meinen Vater. Wir wohnten im ersten Stock, die Szpakowskas im Parterre.

H. G.

Wir wohnten auch im Parterre, nach vorne zu. Zum Hof hin wohnte der Uhrmacher mit fünf Kindern, mit Humcia ging ich in eine Klasse.

Ach, es war ein schönes Anwesen. Holzhäuser wie in Otwock. Balkone, verglaste Veranden, geschnitzte Ornamente in den Brettern, ein Beet mit Kapuzinerkresse, vor dem Eingang Kastanien ... Ich holte immer die Kastanien aus den grünen, stacheligen Schalen und behielt sie das ganze Jahr über, weil sie Glück brachten. Der Besitzer war Doktor Flesyng.

Z. M.

Er ließ ein paar Sachen bei uns – eine Fellweste, einen Pelzmantel, Gardinen und einen Smoking –, verabschiedete sich und ging nach Karczew. Vater hatte abgeraten, hatte gesagt, er solle in Otwock bleiben, doch er hatte in Karczew Patienten. Er brach gegen Abend auf, ging durch den Wald und wurde nie wieder gesehen. Die Sachen holte seine Cousine Dora ab, ich habe noch die Quittung. Eine schöne, große Frau, eine Verwandte von Helena Wolińska, die nach dem Krieg Staatsanwältin wurde. Als Vater verhaftet wurde, ging sie zu ihr und bat um Hilfe. Sie erreichte nichts. Sie reiste aus und schickte mir Orangen.

H. G.

Neben Flesyng wohnte Szwejd, der Erfinder. Er hatte ein Insektenbekämpfungsmittel erfunden und warb in Zeitungsannoncen mit dem Spruch: »Einen Dollar pro Wanze.« Das sollte heißen, dass er für jede Wanze zahlen würde, die man nach einer Desinfektion noch fände. Über Szwejd wohnte Mierosławski, der Magistratsarzt. Anfangs durften wir noch mit der Vorstadtbahn fahren – im letzten Waggon und mit einer Entlausungsbescheinigung, Mirosławski stellte uns diese Bescheinigungen aus.

Z. M.

Vater versprach Frau Szpakowsa, ihre Tochter aus dem Transport zu retten und bat seinerseits um Hilfe. Er sagte nicht, worum es ging, sondern öffnete wortlos eine Tür. Auf einem Stuhl saß ein verschrecktes, müdes, rothaariges Mädchen.

H. G.

Jemand hatte sie dorthin gebracht. Und gewiss nicht in guter Absicht. Wer sie hätte retten wollen, wäre mit ihr zum Waisenhaus, zur Kirche, zu den Schwestern gegangen, nicht zur Blauen Polizei!

Z. M.

Du gehst mit dieser Frau, hab keine Angst, sagte mein Vater.

H. G.

Sie wurde zu Halinka Brzoza. Sie war bei den Elisabetherinnen. Zu Ostern kamen die Angehörigen der polnischen Kinder, alle saßen beim Osterfrühstück, plötzlich sah Halinka Brzoza sich um: Und wo sind die Matzen? Zu Ostern isst man doch Matzen… Die Schwestern riefen den Kommissar an, er brachte sie noch am selben Tag in eine andere Einrichtung.

Z. M.

Aus dem stalinistischen Gefängnis kam er schweigsam, in Gedanken versunken nach Hause. Er war da, aber so, als gäbe es ihn gar nicht. Er wollte nach nichts gefragt werden, wollte sich an nichts erinnern. Immer wieder kehrte er zu jener Szene zurück, die sich im September neununddreißig in der Gegend um Zamość abgespielt hatte. Er hatte vom Einmarsch der Sowjets erfahren. Er hatte die Uniform gegen Bauernkleider eingetauscht. Ein Aufklärungstrupp der Roten Armee hielt ihn an: *Nu, muschik, ruki pokaschi… Panskije ruki,* komm, Bauer, zeig deine Hände… Herrenhände, stellte der Kommandeur triumphierend fest und im selben Augenblick zog der Soldat, der sein Bündel durchwühlt hatte, eine Offizierskartentasche hervor. Der Kommandeur betrachtete sie begeistert, machte eine Handbewegung – *uchodi, muschik,* verschwinde, Bauer – und hängte sich die Kartentasche über die Schulter.

Wenn sie nicht die Kartentasche gefunden hätten, sagte Vater. Wenn sie meinen Polizeiausweis gefunden hätten…

Wissen Sie, was ich heute denke?

Es tat ihm leid.

Dass sie nicht den Ausweis fanden.

Dass er nicht wie seine Kollegen von der Otwocker Polizei in den Gräbern von Miednoje endete.

H. G.

Wir blieben zu zweit übrig.

In Paris wohnte ein kinderloser Cousin. Er sagte, er würde die rothaarige Marysia adoptieren und eine kleine Französin aus ihr machen. Aus gutem Hause, betonte er nachdrücklich. Sie wird ein neues Leben beginnen – ohne Erinnerungen, ohne Ghetto, ohne den Alptraum, den du mit dir herumschleppst. Verstehst du?

Ich verstand. Ich sollte ihn mit meinem Alptraum in Ruhe lassen. Marysia sollte ein normales französisches Mädchen aus gutem Hause werden.

Ich sah sie zwanzig Jahre lang nicht.

Eines Tages besuchte mich eine Frau Ende Zwanzig.

Eines Tages besuchte mich Michèle.

Sie konnte kein Polnisch. Sie sprach Französisch. Sie sprach mehrere europäische Sprachen, denn sie hatte eine umfassende, gründliche Bildung genossen.

Sie war gekommen, um mich etwas zu fragen.

Sie hatte Träume. Genau genommen einen Traum. Sie sah keine Bilder, sondern hörte nur einen Schrei. Eine fremde Frau schreit. Vier Wörter, immer dieselben: Ich habe Izio verloren.

»Ich habe Izio verloren«, sagte sie auf Polnisch, es waren die einzigen polnischen Wörter, die sie kannte.

Michèle war nicht sicher: War das ein Traum oder eine Erinnerung? Du weißt nicht zufällig, wer da schreit, fragte sie. Wer dieser Izio sein könnte?

Sie ist siebzig.

Sie hat keine Familie.

Sie geht an Krücken.

Sie war zweimal in Otwock, als Gerechte geehrt wurden. Beim ersten Mal – Aleksandra Szpakowska. Beim zweiten Mal – Bronisław Marchlewicz.

Im Magistrat von Otwock fand man Izios Geburtsurkunde.

Der Förster schenkte ihr eine Kiefer in einem Blumentopf. Vor ihrer Abreise hatte jemand sie in Paris angerufen und nach ihren Kindheitserinnerungen gefragt. Sie hatte nichts von dem Schrei der Frau erzählt, sie hatte den Geruch der Kiefern erwähnt, denn ich hatte ihr viel von diesem Geruch erzählt.

JOLANTA D., Kamerafrau, Regisseurin
Über Fanias[23] Leben
Jener, die auf Lenin schoss

... Sie lief von zu Hause weg (viele jüdische Mädchen verließen damals ihre Familie).

Hesia[24], die sie nicht mehr kennengelernt hatte, war nachts weglaufen, in großer Hast, denn am nächsten Tag sollte die Hochzeit sein. Hatte auch ihr der Vater, ein Chederlehrer, den Verlobten ausgesucht?

Na, und die Welt? Viele junge Juden wollten damals die Welt verbessern. Fania wurde Anarchistin. Wie Hesia, obwohl sie sie nicht mehr kennengelernt hatte. Sie glaubten, die Welt lasse sich mit Bomben verbessern. Hesias Bombe tötete den Zaren, sie wurde zum Strang verurteilt. Fanias Bombe tötete niemanden. Sie hatte sie in einem Hotel gebaut, mit einem Mann, drei Tage und drei Nächte lang. Die

23 Fania Kaplan (1890-1918), eines Attentats auf Lenin angeklagt, ohne Gerichtsverfahren hingerichtet.

24 Hesia Helfman (1855-1881), Beteiligte am Attentat auf Alexander II.

Bombe war im Zimmer explodiert, der Mann war geflohen, Fania kam vors Kriegsgericht. Als Minderjährige wurde sie nicht zum Tode verurteilt, sondern nur zu lebenslanger Katorga in Sibirien.

In den Akten steht zu Fanias Größe – nicht groß (zwei Arschin, dreieinhalb Werschok); zur Haarfarbe – dunkelblond; über die Augen – länglich, hängende äußere Augenwinkel. Ihre Muttersprache war Jiddisch. Sie besaß Geld, 1 (in Worten: ein) Rubel, Wertgegenstände besaß sie nicht. Sie ließ Fluchtbereitschaft erkennen, also wurde sie in Handschellen transportiert.

Sie sagten sich von Fania los – ihrer Tochter, die von zu Hause weggelaufen war. Die töten wollte! Die drei Tage und drei Nächte mit einem fremden Mann in einem Hotel verbracht hatte! Sie saßen die Schiwa ab, als wäre sie gestorben, und gingen nach Amerika. Alle: Vater, Mutter, vier Brüder, drei Schwestern... Sie verabschiedeten sich nicht von ihr, dachten aber an sie und schrieben sogar an den Gefängnisdirektor. »Wir wenden uns an Eure Hoheit, geben Sie uns Nachricht, ob sie lebt, ob sie gesund ist... Bedenkt unser Alter, gebt Nachricht, und Gott wird Euren Großmut belohnen«, schrieben Sima und Fajwel Kapłan, Einwohner von Chicago.

Seine Hoheit gab Nachricht, Fania lebe und erfreue sich guter Gesundheit.

Sie hatte Anämie. Sie bekam Krautsuppe aus verfaultem Kohl, also erbat der Arzt Milch, Weißbrot und zwei Eier – einen Monat lang täglich. Milch und Brot genehmigte der Direktor, Eier von Zeit zu Zeit.

Sie litt an einem Magengeschwür. Der Arzt erbat Huhn, Reis und Kartoffelstärke, der Direktor schrieb zurück: kein Reis und keine Stärke, Überwachung verschärfen.

Sie erblindete. Sie hielt die Augen weiter offen (sie waren

leuchtend, grau, irgendwie rein und sehr hell, schrieb Jahre später eine Mitgefangene), aber sie konnte weder Gegenstände noch menschliche Umrisse mehr unterscheiden.

Sie erfuhr, dass der Mann, mit dem sie die Bombe gebaut hatte, im Gefängnis saß und ein wichtiges Geständnis abgelegt hatte: Er habe den Sprengstoff allein ins Hotel geschafft, sie habe damit nichts zu tun gehabt.

Sie erfuhr, dass der Mann aus dem Gefängnis geflohen und spurlos verschwunden war. Die Enthüllung – dass sie unschuldig war – beeindruckte den Justizminister allerdings nicht.

Fania verfiel in Depressionen. Sie dachte an Selbstmord, zum Glück begannen die Pupillen auf Licht zu reagieren. Der Augenarzt behandelte sie mit Elektroschocks, Strichnintropfen und Kaliumjodid zur mündlichen Einnahme, dank dessen erkannte sie Farben und große Buchstaben und der Direktor genehmigte ihr eine Lupe. Sima und Fajwel schickten ein Vergrößerungsglas in einfacher Fassung aus amerikanischer Fabrikation, eineinhalb Pfund schwer. Sie schickten auch das Geld für den Zoll, die Gebühr betrug siebenunddreißig Kopeken. Sie begann zu lesen. Die gebildeten Gefangenen ermutigten die anderen zum Lernen. Sie lehrten Geschichte und Philosophie, und die jungen Frauen, deren Strafe ablief, sorgten sich, dass sie bei Leibniz und den Monaden stehen blieben und nicht mehr zu Hegel kämen … Sie stritten über die Zukunft der Welt. Die einen waren für die Revolution, die anderen lehnten jede Gewalt ab und glaubten an den Menschen. Die Welt werde besser, wenn der Mensch sich selbst vervollkommne, argumentierten Fanias Mitgefangene.

Sie war zehn Jahre in Sibirien, bis zur Februarrevolution.

Sie war anderthalb Jahre in Freiheit. Bis zu einem Freitagabend Ende August. Bis der Blick des Tschekisten Batulin an ihr hängen blieb.

Er war zu einer Kundgebung gegangen. Er hatte den Vortrag über die Diktatur der Bourgeoisie und die Diktatur des Proletariats gehört und war auf dem Weg zum Ausgang. Er folgte Lenin. Er sah, wie zwei Frauen zu Lenin kamen, eine schwieg, die andere beklagte sich laut. Die Armee nimmt uns Mehl und Brot, klagte die Frau, die Leute schaffen vom Land ein paar Lebensmittel heran, und auf den Bahnhöfen warten die Soldaten, ihrer Nichte hätten sie alles Mehl und alles Brot abgenommen, und wer wisse, ob sie ihren Töchtern nicht auch alles wegnehmen würden, und ob das Recht sei – und in diesem Moment hörte der Tschekist Batulin Schüsse. Er sah Lenin am Boden liegen. Mit einem Schrei – Haltet den Mörder! – nahm er die Verfolgung auf.

(Die Protokolle der Verhöre – sowohl der Schweigenden als auch der Frau, die sich beklagt hatte – sind erhalten geblieben. Die Schweigende war Schneiderin, dreiundfünfzig Jahre alt und hatte zwei Schwestern, ebenfalls Schneiderinnen. Sie war unverheiratet, ihre Schwestern waren auch unverheiratet, sie lebten und schneiderten zu dritt und waren unverheiratet, und die, die gefragt hatte, war zu ihnen gekommen, um sich ein Kleid anmessen zu lassen, und hatte ihnen einen Becher Milch mitgebracht. Sie hatten beschlossen, zur Kundgebung zu gehen und nach dem Mehl zu fragen, aber auf der Kundgebung ging es um die Diktatur des Proletariats. Da hätte sie beschlossen hinzugehen und zu fragen – die andere hätte das beschlossen, nicht sie, nur die andere, die mit dem Kleid, sie hätten nach nichts gefragt, absolut nicht, und sich nicht beklagt und hätten auch absolut nichts mit den Schüssen zu tun! Auch die Töchter der Frau, die sich beklagt hatte, sagten aus: Ihre Mutter, Stationshilfe im Spital, habe mit fünfzehn geheiratet und sei unglücklich mit ihrem Mann, der auf dem Markt die Stände bewache. Und sie habe zwar gefragt, warum Mehl und Brot beschlagnahmt würden, obwohl man jetzt anderthalb Pud mitbringen dürfe, aber sie habe nicht nur nicht geschossen, sondern sei im Gegenteil selbst von einer Kugel in die Schulter getroffen worden.)

Der Tschekist lief also und schrie laut.

Alle liefen irgendwohin, nur dass die gewöhnlichen Leute in Panik davonliefen, während der Tschekist Batulin einen Mörder jagte.

Er sah eine Frau.

Sie stand unter einem Baum.

Schon das war sehr merkwürdig: Alles rannte, aber sie stand.

Fania stand.

Sie trug einen weißen Hut und einen schwarzen Mantel (vielleicht eine Jacke, in jedem Fall etwas Schwarzes), in der Hand hielt sie Schirm und Handtasche.

Sie sieht aus wie jemand, der Angst hat, dachte der Tschekist und fragte, woher sie komme. Sie erwiderte, das ginge ihn nichts an. Was mitnichten von Angst zeugte, aber die Intuition sagte dem Tschekisten, sie hat auf unseren Lenin geschossen! Er nahm ihr die Handtasche ab und befahl ihr, voranzugehen.

Als erstes wurde sie durchsucht.

In der Tür stand eine Frau mit entsichertem Revolver. (Sie war zwanzig. Sie hatte einen Volksschulabschluss und war Straßenbahnschaffnerin, nach der Revolution war sie Kundschafterin der Roten Armee geworden. Man hatte sie zum Studium geschickt, die Hochschule hieß: Kommunistische Schule der Roten Offiziere. Sie hörte gerade eine Vorlesung über Selbstverstümmelungen, als jemand schrie, es habe ein Attentat gegeben. Sie lief zur Kommandantur und kam, wie sich herausstellte, genau zur rechten Zeit, denn man musste eine Verbrecherin durchsuchen. So lautete der Befehl: Wir haben eine Verbrecherin, überwacht die Durchsuchung.)

Die jungen Rotarmistinnen zogen Fania nackt aus. Sie glätteten und überprüften die Falten ihres Rocks, hielten jede Naht unters Licht. Sie kämmten ihr Haar durch, sahen ihr unter die Achseln und zwischen die Beine, befahlen ihr, die Schuhe auszuziehen, alles zu zweit, die Dritte stand in der Tür. Eine allein hätte etwas übersehen, ja verheimlichen können, also zu zweit, jede Naht, jede Falte. In der Handtasche fanden sie Sicherheitsnadeln, Broschen aus Metall, Zigaretten, ein Notizbuch ohne Blätter und eine Zugfahrkarte. Im Haar – acht Spangen, in den Schuhen Briefumschläge, weil die Nägel sie drückten und sie statt eines Polsters die Umschläge hineingelegt hatte.

Sie machten Fotos im Profil und von vorn, auf dem Profilbild ist ihr rechtes Ohr frei. Auf beiden trägt sie eine zerknitterte Bluse, kariert, wohl aus Cretonne. Der Kragen war nach innen umgeschlagen, sie hatte ihn nicht gerichtet, sie hatte nicht in den Spiegel geschaut.

Sie fragten Fania, warum sie geschossen habe. Sie sagte, sie habe den Sozialismus retten wollen. Sie sagte nicht viel, aber dass sie den Sozialismus vor ihm habe retten wollen, wiederholte sie mehrfach.

Sie brachten Fania in die Lubjanka. In der Zelle war noch ein Engländer, er sprach sie an, aber sie wollte sich nicht unterhalten. Sie stellte sich ans Fenster und stützte das Kinn auf die Hand. Vor dem Fenster war ein Hof, sie hörte Schritte und die Stimmen der Wärter. Es regnete, sie stand reglos.

Sie brachten Fania in den Kreml.

Sie dachte, man wolle sie verhören, diesmal er selbst, persönlich. Aber nein, dachte sie, er ist ja nicht mehr da, nein, er ist nicht mehr da, die Schüsse haben bestimmt getroffen.

Niemand hatte die Absicht, sie zu verhören.

Sie hörte das Geräusch eines Motors. Sie hörte einen

zweiten Motor, in der Nähe waren Garagen. Im Seitenflügel öffnete sich eine Tür, ein Mann kam heraus. Er wankte. Betrunken, verschlafen, in Unterhosen. Er betrachtete sie. Ihr war, als habe sie ihn schon irgendwo gesehen. Das Heulen des Motors wurde lauter, aber kein Auto kam aus der Garage. Der Mann, der sie gebracht hatte, signalisierte ihr, sie solle geradeaus gehen. Sie sah bewaffnete Männer. Sie drehte sich um, der Mann, der sie gebracht hatte, hob den Revolver.

Das Bild hängt in jedem Revolutionsmuseum: die Attentatsszene. Lenin liegt am Boden, Fania steht mit rauchendem Revolver über ihm. Sie steht seitlich, damit man ihr Profil sieht. Ein jüdisches Profil, daran gibt es keinen Zweifel.

Alle paar Jahre erscheint ein Essay, ein Buch oder ein Artikel über Fania. Darin heißt es, nicht Fania habe geschossen. Es sei spät gewesen, dunkel, sie habe schlechte Augen gehabt und allenfalls Schmiere gestanden.

Es heißt, sie habe eine Affäre mit einem Bruder Lenins gehabt. (Auf der Krim, im Sanatorium, nach der Rückkehr aus Sibirien. Der Bruder Lenins, ein Militärarzt, soll eine Schwäche für Krimsekt und schöne Frauen gehabt haben.)

Es heißt, es habe keine Affäre gegeben, ihre einzige Liebe sei der Mann gewesen, mit dem sie die Bombe baute.

Es heißt, man habe sie – unwissentlich – in eine bolschewistische Verschwörung hineingezogen…

In eine sozialrevolutionäre Verschwörung…

Sie habe doch geschossen, und nach diesen Schüssen sei der blutige Terror losgegangen und Tausende seien ermordet worden.

Der Film »Lenin im Oktober« wurde gedreht. Die Statisten waren Matrosen. Die Attentatsszene empörte sie so sehr, dass sie der Darstellerin (sie war zerzaust, häßlich, mit glühend fanatischen Augen) die Zähne ausschlugen.

Es kursiert das Gerücht, sie sei nicht gestorben. Man habe eine andere Frau erschossen, und Fania sei in Gefängnissen und Lagern gesehen worden – einmal in Workuta, dann in Karaganda, dann wieder auf den Solowezki-Inseln.

Es heißt, das sei absurd, Fania sei erschossen worden.

Die zum Strang verurteilte Hesia war schwanger. In Europa erhob sich Protest und der große Victor Hugo schrieb ein Gedicht über sie. Sie brachte eine Tochter zur Welt. Nach vier Monaten nahm man ihr das Kind weg und gab es in ein Waisenhaus. Sechs Tage später starb Hesia.

Der proletarische Dichter Demian Bedny hat über Fania geschrieben. Er war es, der wankend aus dem Seitenflügel gekommen war. Er wollte sehen, wie der Kreml-Kommandant schießt. Wie er die Leiche in ein Fass mit Benzin steckt. Wie die Flammen emporschlagen ... Er fiel in Ohnmacht, als der Rauch und der Geruch von brennendem Menschenfleisch sich ausbreiteten, aber er kam schnell wieder zu sich und setzte sich hin, um ein Gedicht zu schreiben.

Der Mann, mit dem sie die Bombe gebaut hatte, wollte Fania besuchen. Er war in Kiew, achtundvierzig Stunden vor den Schüssen beantragte er ein Visum für Russland.

Sie wusste nicht, dass er kommen wollte.

Sie hatte keine Familie.

Sie hatte kein Zuhause, nicht einmal eine Adresse, sie wohnte bei einer Freundin aus der Katorga zur Untermiete.

Sie war allein, ein Niemand.

Sie hatte sich unter einen Baum gestellt.

Nach drei Wochen bekam der Mann das Visum. Er kam nach Moskau. Alles war vorüber. Er las in den Zeitungen von Fania, hörte auf Kundgebungen von ihr. Niemals, nirgends und niemandem gestand er, dass er sie persönlich gekannt hatte.

MONIKA C.
Über Gott. Über einen Sweater

*Am Tag des Judentums war ich bei einem Podiumsgespräch zwischen einem Bischof und einem Rabbiner. Das Gespräch war nicht sonderlich aufregend und ich erinnere mich an nicht viel. Dafür ist mir ein älterer Herr im Gedächtnis geblieben, der aufstand und von seinen jüdischen Nachbarn erzählte. Sie hatten ein Geschäft in dem Haus, in dem er wohnte. Er erzählte, dass seine Eltern unmittelbar vor dem Krieg bei ihnen einen Sweater gekauft hätten – dick, warm, wohl rot, während der Besatzung sei er von großem Nutzen gewesen. Er erzählte, sie seien gut miteinander ausgekommen, na und dieser Sweater… Er sagte das immer wieder. Man unterbrach ihn, er solle eine Frage stellen, das sei wichtig, nicht der Sweater. Er stellte keine Frage, denn ihm waren die Nachbarn wichtig. Das war mein Tag des Judentums und man kann ihn wohl auch so begehen. Mit einem Greis und Nachbarn, die ihm einen nützlichen Sweater verkauften…*

*Mir scheint, die Perspektive des Reporters ermöglicht nicht nur einen klareren Blick auf den Menschen, sondern auch auf Gott. Ich denke immer öfter, Er ist der beste Leser. Und nicht derjenige, der unsere Geschichten ordnet. Er ordnet sie nicht, Er lässt zu, dass unsere Geschichten in aller Freiheit geschehen, und gleichzeitig steht Er daneben und begleitet sie diskret. Mitunter muss Er fasziniert sein – wenn wir Entscheidungen treffen, wenn wir wählen, wenn wir unsere Geschichten schreiben. Denn Er kennt ja alle möglichen Varianten und alle Antworten und wartet immer gespannt, für welche Möglichkeit wir uns entscheiden.*

WOJCIECH K., Unternehmer
Über eine ungestellte Frage

… Er war kein gewöhnlicher Vater. Man sagte zu ihm nicht »Hör mal, Papa«, man redete mit ihm nicht über Automarken. Er saß, immer allein, in seinem Zimmer. Er schrieb. Er notierte seine Gedanken. Mit diesen Gedanken füllte er an die fünfzig Kladden. Sie liegen irgendwo, niemand liest sie.

Mama hatte immer Leute um sich. Sie kamen gern zu uns, redeten stundenlang im Salon, es ging laut und fröhlich zu, und in der Mitte des Empfangs ging die Tür auf. Vater kam herein. Die Gäste wurden ernst, Vater begrüßte sie, dann hielt er einen Vortrag. Zumeist über das, worüber er kurz zuvor, eingeschlossen in seinem Zimmer, nachgedacht hatte.

Einmal kam er herein und erklärte den Anwesenden, was das Gute ist. Das Gute ist ein Verhalten, zu dem wir uns ohne Scham, ja sogar stolz öffentlich bekennen. Mit dem Bösen verhält es sich umgekehrt. Zu etwas Bösem können wir uns nicht bekennen, ohne Reue zu zeigen. Ein gewisser Marxist, fuhr Vater fort, meinte, den Genossen müsse man die Wahrheit sagen, Klassenfeinde aber dürfe man anlügen. Ich muss Ihnen nicht erklären, dass ich eine solche Denkweise verurteile, schloss Vater, verneigte sich und ging zur Tür. In der Tür wandte er sich noch einmal um. Nebenbei bemerkt, fügte er hinzu, gestand dieser Marxist, sein Name ist Rjasanow, vor Gericht, er sei ein Volksfeind. Der er nicht war. Ich muss nicht erklären, dass ich dieses Geständnis für schändlich halte. Er wurde 1938 erschossen, aber das ist eine andere Geschichte. Er verneigte sich noch einmal und verließ den Salon. Wer möchte noch Kaffee? – fragte Mama.

Ich weiß nicht, warum er sich mit dem Kommunismus eingelassen hatte. Nicht ausgeschlossen, dass es mit einer gewissen Vera Kostrzewa zusammenhing, die er persönlich gekannt hatte. Und die eine eng anliegende Jacke und einen langen Rock trug, beides zugeknöpft. Ja natürlich, er erinnerte sich an die Knöpfe – sie waren winzig klein und saphirblau. Die 1939 in einem Moskauer Vorstadtgefängnis starb, aber das ist eine andere Geschichte.

Er bekam einen Prozess, man verurteilte ihn zu acht Jahren. Kürzlich schrieb jemand, die Angeklagten dieses Prozesses seien sowjetische Spione gewesen. Mein Vater war kein Spion. Er war Kommunist. Freiheit, Gleichheit, um solche Dinge ging es ihm. So vermute ich.

Er war viel älter als Mama und einige Jahre nach der Hochzeit begannen die Probleme in ihrem Intimleben. Vater zog auch für nachts in sein Zimmer, und Mama hatte gutaussehende und sympathische Freunde. Ich nahm ihr das übel, aber sie erklärte mir, wenn Vater für die Freiheit der Arbeitermassen in aller Welt gekämpft habe, könne er der eigenen Frau die Freiheit nicht verweigern.

Er gefiel den Frauen. Er mochte sie, aber er fürchtete ihre Nähe. In Italien lebte eine alte Liebe von ihm. Eines Tages klingelte das Telefon, Mama hob ab, sprach eine Weile und klopfte dann an Vaters Tür: Frau Mozarelli steckt in einer Depression und möchte dich besuchen. Vater geriet in Panik. Er fing an zu schreien, er sei nicht da – nein, nicht da, siehst du denn nicht, dass ich nicht anwesend bin? Mama hatte Mitleid mit Frau Mozarelli, sie wollte sie umgehend einladen und sich um sie kümmern. Mama hat sich um viele Leute gekümmert. Nun muss man sich um sie kümmern ... Mama weiß, dass Sie viel zu tun haben, aber wenn Sie Alzheimer hätten, fände Mama ganz gewiss Zeit, Sie zu besuchen.

Mamas Mutter war Polin, ihr Vater getaufter Jude. Sie kamen beide um, ihr Bruder verschwand spurlos. Mama war Journalistin und schrieb jahrelang unter ihrem Mädchennamen. Damit der Bruder, wenn er noch lebte, sie finden könnte. Ich weiß nicht, wie alt er war und wann sie sich zum letzten Mal sahen. Ich habe nie danach gefragt, warum, weiß ich nicht. Auf einem Treffen der Polen aus den einstigen Ostgebieten kam eine Schulfreundin von Mama zu uns und fragte: Wie geht es denn deinem Bruder? Worauf Mama freundlich lächelte: Bruder? Aber ich habe doch gar keinen Bruder. Auch für solche Fragen war es also schon zu spät.

Bei uns zu Hause gab es keine Fragen und keine langen Gespräche.

Bei uns zu Hause gab es Respekt. Viel Respekt und wenig Zärtlichkeit.

Vater gab nicht zu, dass ihn der Kommunismus enttäuscht hatte. Ich dachte es mir, denn ich lauschte auf seine Schritte. Früher hatte er am Schreibtisch gesessen. Dann war er im Zimmer umhergegangen – langsam, gleichsam mit Bedacht. Als der Kommunismus zusammenbrach, legte er richtig los. Er ging und ging. Stundenlang. Ich glaube, er führte Streitgespräche und fand keine überzeugenden Argumente. Er ging immer schneller. Er erhitzte sich. Ich wusste: Der Streit spitzt sich zu. Die Gegner, die schon längst nicht mehr lebten, die Schatten einstiger Gegner gewannen die Oberhand. Sogar Rjasanow, der sich 1937 auf so schändliche Weise schuldig bekannt hatte ... Sogar Ozjasz, mit dem er acht Jahre lang in der gemeinsamen Zelle geredet und mit dem er die letzten Lebensjahre hindurch geschwiegen hatte.

Er hatte einen Schlaganfall.

Er hörte auf zu gehen.

Er hörte auf zu sprechen.

Mama, die nicht aus seinem Zimmer wich, versicherte uns, er denke.

Zum letzten Mal sah ich ihn in der Leichenhalle. Er lag

im Kühlfach. Im Nebenfach lagen Überreste, wie sie nach einer Sektion übrig bleiben.

Hör mal, Papa, sagte ich. Lass uns von hier wegfahren. Die Trauergäste warten auf dem Friedhof. Zu Hause wartet als Leichenschmaus roter Barschtsch. Abgeschmeckt vom letzten Freund deiner Ehefrau.

## TERESA M., Agrarwissenschaftlerin
## Nur über eine Rolle

... Es war August, sie kamen braungebrannt, fröhlich an, sie in weiß – Hut mit Krempe, Trägerkleid; sie waren glücklich, ich merkte sofort, dass sie glücklich waren. Stefcio, umschmeichelte diese Frau meinen Vater. Zosieńka, wandte sich mein Vater an diese Frau. Sie umwarb auch mich: Du hast schönes Haar, fast wie eine Pusteblume, hast du schon einmal Pusteblumen auf der Wiese gesehen? Ich wusste, dass ich schönes Haar hatte, auf der Straße sprachen Frauen meine Mutter an und wollten wissen, ob sie es mir bleiche. Ich ließ mich nicht erweichen, ich hatte nicht vergessen, dass diese Frau meiner Mutter den Ehemann weggenommen hatte.

Sie holten mich für ein paar Tage aus dem Sanatorium und zeigten mir die Tatra (das ist der Mönch, und das ist das Meerauge, wirst du es auch nicht vergessen?). Ich habe ein Foto aus der Tatra, wie sich zeigen sollte, das letzte mit Vater: Sie lächeln, ich schaue verdrießlich drein, sieben Jahre alt, na und ein Hund ist auch dabei, der obligatorische Hirtenhund, ein Podhalaner.

Es war nicht das erste Mal, dass mein Vater meiner Mutter untreu war. Er verheimlichte seine Affären nicht, er hinterging Mutter nicht. Marysia, tröstete er sie jedes Mal, ich verliebe mich eben leicht, mach dir nichts draus, das geht vorbei ... Ich weiß wirklich nicht, warum sie ihn nicht schon beim ersten Mal verließ.

Sie hatten sich im Theater kennengelernt. Mutter wies ihn ab, weil er schmächtig, picklig und ein Jahr jünger war, doch er drohte, er werde sich umbringen, und das erschreckte sie. Nach der Hochzeit wurde er ein bisschen hübscher: Er nahm zu und seine Haut besserte sich.

Mutter spielte psychologische Rollen. In »Tessa« zog eine geheimnisvolle Kraft sie zu einem Mann hin, in »Heiliges Feuer« gab es den gelähmten Ehemann, dessen verliebten Bruder, die Mutter, die den unglücklichen Rivalen vergiftete – und so weiter.

Vater träumte von Heldenrollen. Die Stimme hatte er, aber sein Aussehen passte nicht und am besten war er als Jasiek – der, der sich nach der Federmütze bückte und das goldene Horn verlor.

In Wilna überlebten sie während des Kriegs Hunger, bitteren Frost, Angst und Deportationen, aber das waren gewöhnliche Dinge, nichts, woran man sich besonders hätte erinnern müssen. Sie kam bis an ihr Lebensende immer nur auf ein paar Szenen zurück ... Die erste hatte sie neununddreißig beobachtet. Es war September, die Sowjets marschierten in die Stadt ein. Polnische Offiziere kamen zum Theater gelaufen und baten um Zivilkleidung. Der Direktor öffnete den Fundus, er überließ ihnen die Kostüme, und so stürzten bald Dörfler, Liebhaber, Proletarier und Fin de siècle-Künstler aus dem Gebäude, sahen sich um und fragten nach dem kürzesten Weg nach Litauen.

In der zweiten Szene kamen Hanka Ordonówna und ihre Vorkriegslieder vor. Sie sang schön und trug ein schönes Kleid – aus weißem Taft, die Glocke bis zu den Füßen, mit Zierfalten am Mieder und an den Puffärmeln. Es war das Ballkleid meiner Mutter – die letzte Vorkriegskreation. Und das letzte Konzert der Ordonówna in Polen. (Nebenbei bemerkt, hatte die Sängerin für das Kleid großzügig bezahlt und meine Eltern hatten einige Wochen lang zu essen.)

Die nächste Szene spielte an einem Fluss. Dort stand eine Bauernkate. Einige Tage zuvor war eine Frau zur Hütte gekommen, eine Jüdin mit einem kleinen Mädchen. Die Jüdin war wieder gegangen, das Mädchen hatten die jungen, kinderlosen Bauern zu sich genommen. Sie lehrten sie das Vaterunser, hängten ihr ein kleines Medaillon um den Hals und behandelten sie wie ein eigenes Kind. Der Bürgermeister kam, betrachtete das Kind und fragte nach dem Taufschein. Der Bauer hatte keinen Taufschein. Er holte Bretter aus der Scheune, zimmerte ein Floß und setzte eine Art Kiste darauf, die er mit Stroh auslegte. In der Nacht zog er das Floß zum Fluss, weckte das Kind, zog es warm an und legte es in die Kiste. Er deckte es mit seiner Jacke zu und stieß das Floß vom Ufer ab. Als die Strömung das Floß erfasste, sprang er ab und kehrte nach Hause zurück.

Mutter hatte diese Geschichte von einem Kollegen aus dem Theater. Sie hatte weder die Kate noch das Floß gesehen, aber sie erzählte so, als habe sie das Rauschen des Windes am Fluss selbst gehört und den sich entfernenden Ruf des Kindes – Papa, Papi.

Sie kehrten nach Polen zurück. Vater wurde Verwaltungsdirektor eines Theaters. Im Theater arbeitete ein Filmstar. Sie war schön. Sie war berühmt. Sie wies Vater ab, aber er drohte, er werde sich umbringen. Er erinnerte Mutter daran, dass er sich leicht verliebe und dass es vorbeigehe. Es ging nicht vorbei. Er verließ Mutter. Er heiratete den Star.

Auf Mutter warteten das Spital und eine Operation und sie brachte mich in einem Sanatorium in den Bergen unter. Sie holten mich Ende August ab – Vater und diese Frau. Sie zeigten mir die Tatra. Sie machten das Foto.

Der zweite September war ein Sonntag und Vater ging zum Radio. Er stand nicht mehr auf der Bühne und das Radio ersetzte ihm das Theater. Es war ein merkwürdiges Theater. Es existierte nur am Sonntag, es schaltete sich in fremde Sendungen ein oder unterbrach ein laufendes Konzert und sagte mit Vaters Stimme: Hier spricht Welle neunundvierzig. Und noch einmal, noch deutlicher: HIER SPRICHT WELLE… Dann begann die Stimme zu enttarnen. Heimatarmisten. Imperialisten. Systemfeinde. Angeklagte in politischen Prozessen… Es war eine starke, inbrünstige, pathetische Stimme – Vater hatte ja immer von Heldenrollen geträumt. Nach der Sendung kehrte er nach Hause zurück und ging mit seiner Frau zur Kirche. Sie waren religiös, in der Erlöserkirche hatten sie eine Bank mit ihrem Namen.

Am zweiten September enttarnte er, wen er musste, und ging beten.

Am neunten September war wieder Sonntag. Er stand auf, rasierte sich. Jemand klingelte an der Tür. Vier Männer kamen herein. Er bat sie ins Arbeitszimmer. Zwei blieben an der Tür stehen, der dritte schloss seine Frau im Bad ein, der vierte schoss.

Mutter sagte mir nichts. Die Mädchen in der Schule sagten es mir. Ich hatte geprahlt, mein Vater sei Schauspieler, und sie erwiderten – lüg nicht, er ist kein Schauspieler. Dein Vater ist gar nichts mehr.

Wir wohnten in Poznań. Im Nachbarhaus wohnte Romek. Er war ein Jahr älter, größer und ging zur Musikschule.

Ich gefiel ihm wohl, denn auf dem Hof zog er nur mich an den Zöpfen. Am achtundzwanzigsten Juni sah er eine Demonstration, Arbeiter waren unterwegs zur Młyńska-Straße, um Gefangene zu befreien. Er ging mit ihnen. Hinterher erzählte jemand, die Demonstranten hätten ihm die weiß-rote Flagge gegeben. Jemand anderes sagte, er selbst hätte sie von der Fahrbahn aufgehoben, als die von Kugeln getroffene Straßenbahnerin stürzte. Er war ein hübscher, großer, heller Junge. Ein polnischer Junge. Er passte zur Flagge, er trug sie an der Spitze des Zuges. Er kam nicht nach Hause zurück, sein Vater suchte ihn die ganze Nacht, er fand ihn im Leichenhaus.

Romeks Eltern schliefen nicht mehr, jede Nacht brannte bei ihnen das Licht. Wenn ich aus der Schule heimkam, sagte Mutter – bei ihnen brennt schon wieder Licht, komm, wir kaufen Blumen. Wir kauften Blumen und gingen zu den Strzałkowskis. Über Romeks Foto hing eine weiß-rote Flagge. Wir stellten die Blumen in die Vase. Wir schwiegen. Frau Strzałkowska erzählte, wie schön ihr Sohn Klavier gespielt habe.

Zehn Jahre später erzählte sie Mutter von einem Jungen – er sei nett und aus einer guten Familie. Ich lernte den Jungen kennen. Er ist seit vierzig Jahren mein Mann.

Habe ich Ihnen schon gesagt, dass er kein Kommunist war? Er war kein Kommunist! Kein Bolschewik! Er war Schauspieler. Er wollte nur auch diese Rolle gut spielen.

Eine schreckliche Rolle, ich weiß.

Ja, schrecklich, schrecklich.

Ja, aber doch nur eine Rolle …[25]

25 Ich nutze hier die Erinnerungen von Maria Martyka-Jastrebow: »Zanim zapadnie noc« [Bevor es Nacht wird]. Das Manuskript befindet sich im Besitz von Teresa Martyka.

INKA M., Architektin
Über eine kleine Unebenheit im Gelände

... Er schrieb mir im Mai, fünfundvierzig. (Woraus hervorgeht, dass in diesem Mai verschiedene Dinge geschahen, und alle hatten auf gewisse Weise mit mir zu tun.) Er wollte wissen, was mein Studium macht. Er hatte Architektur, Dirigieren und Klavier studiert, dazu wohl auch noch anderes, ich erinnere mich nicht mehr, und ihm war an meiner Bildung gelegen. Er wollte, dass ich unbedingt Fremdsprachen lerne und musiziere, am besten auf dem Klavier, aber Geige ginge auch. Die Amerikaner hatten das Lager kaum befreit, und schon dieser Brief, schon »Was macht das Studium«. Später kümmerte er sich weniger um mich, denn er heiratete eine vierzig Jahre jüngere Frau, die nicht wollte, dass wir uns sahen. Ich schaute mir öfters die Häuser an, die er entworfen hatte, besonders das höchste. Mutter belehrte mich, das sei Art déco, obwohl, nicht ganz, vielleicht doch eher Moderne, mit dieser für die Moderne typischen Zurückhaltung. In jedem Fall aber – ein Sinnbild seiner Zeit. Während des Aufstands hatte man eine weiß-rote Fahne herausgehängt, die dann von einigen Kugeln und einer Zweitonnen-Mörsergranate getroffen wurde. Das Sinnbild blieb stehen, wenn auch etwas schräg, und die Flagge, von Kugeln durchlöchert, hing weiter von dem Wolkenkratzer herab, dem ersten in Polen, dem zweiten in Europa, entworfen von Marcin Weinfeld, meinem Vater.

In Dachau also besagter Brief, und auf dem Land bei Sochaczew – immer noch im Mai fünfundvierzig – ein Besuch von Männern mit Strumpfmasken über dem Kopf. Sie trugen geschnürte, graue wattierte Drillichjacken, in den Händen hielten sie Gewehre, einer fragte – ihr seid von

Weksztajn, was? Weksztajn war unser Onkel, ihm gehörte die Ziegelei, er war tags zuvor in die Westgebiete gefahren. Sie warteten die Antwort nicht ab. Dieselbe Stimme sagte: So, ihr Juden, raus mit euch – und zeigte mit dem Gewehr zur Tür. Wir gingen hinaus. Es regnete, es war dunkel, Mutter zog mich mit sich, sie sprang, die Männer sahen es nicht oder dachten nicht an den Brunnen, denn sie liefen umher und riefen laut durcheinander. Wir saßen ein paar Stunden dort. Es war nicht tief. Ich stieg als erste hinaus, das war nicht schwer, man musste sich nur an den Verbindungsstücken zwischen den Ringen festhalten. Wir liefen über die Gleise und klopften bei der Bäckerei an. Sie buken gerade Brot und versteckten uns hinter dem Ofen. Die Miliz sagte, das sei nicht ihre Sache, wir müssten zu den Russen gehen. Die Russen schafften ein paar Männer herbei und stellten sie mit dem Rücken zu uns auf. Wir sagten, sie hätten »So, ihr Juden, raus mit euch« gerufen, also befahlen sie den Männern dasselbe zu rufen. Der erste rief: »So, ihr Juden…« Der zweite: »So, ihr Juden…« Beim dritten sagte ich – der ist es. Der Mann flüchtete. Sie schossen auf ihn, ohne zu treffen, vielleicht war es besser so, denn ich war mir nicht sicher. Das heißt, ich war mir sicher, aber vielleicht war es besser so. Zwei Tage später sagten die Russen, sie könnten nicht länger auf uns aufpassen, sie müssten nach Berlin. Wir stiegen in einen Zug, stiegen irgendwo aus, stiegen in einen anderen Zug, stiegen aus und waren in Sopot.

Man wies uns das Parterre einer Villa zu. Große Zimmer, ringsum Garten. In der Nachbarschaft wohnte eine deutsche Gräfin. Sie kam zu Mutter und erzählte, die Villa habe einem Arzt gehört, der es nicht mehr aufs Schiff geschafft habe. Er habe seine Familie im Esszimmer versammelt, die Dienerin habe den Frühstückstisch gedeckt. Nach dem

Frühstück habe der Arzt Zyankali in die Tassen geschüttet. Die Russen hätten sie am Tisch gefunden – den Arzt, seine Frau, die beiden Kinder, den Fahrer und die Dienerin, der Hund, ein elsässischer Schäferhund, habe auf dem Boden gelegen. Sie hätten sie im Garten begraben. Liegen sie noch dort? – fragte Mutter. Ja – sagte die Gräfin. Alle? Alle, macht Ihnen das nichts? Nein – antwortete Mutter und fing an, unsere Sachen aus dem Rucksack zu packen.

Wir pflanzten Sträucher, Blumen und Obstbäume. Alles wuchs an, die Graue Renette, die Conference-Birne, die Pflaumen, die Stachelbeeren, nur der Kirschbaum wollte keine Früchte tragen. Wohl nicht, weil er über ihnen wuchs. Er stand in einer leichten Senkung, es war eine Unebenheit im Gelände, eine Stelle, an der man gut braun werden konnte, weil die Äste die Sonne nicht verdeckten. Welche vom Amt kamen und fragten – exhumieren? Mutter sagte, nein, diese Leute möchten gewiss lieber im eigenen Garten unter ihren Fenstern ruhen. Von Zeit zu Zeit wurden Möbel umgerückt. Anfangs dachten wir, die Nachbarn über uns würden Lärm machen, und die Nachbarn dachten, wir wären es, und dazu noch mitten in der Nacht. Als sich herausstellte, dass weder sie noch wir es waren, riefen sie einen Priester. Er spritzte Weihwasser und betete. Die Möbel wurden nachts weiter umgerückt, offenbar war Frau Doktor mit irgendetwas unzufrieden. Vielleicht, weil Mutter die Sprossenwand entfernt hatte – ein Relikt der Ballettschule, die Frau Doktor in ihrer Villa geführt hatte.

Miron Białoszewski hat ein Gedicht über unser Haus geschrieben – »*Nachdeutsche Zoppoter Ballade*«:

… Die Bewohner
die Nachkriegsbewohner, die polnischen, lebenden …
Grübeln bis heute
Abends

Über ihre Tragödie
Und über die Strategie
Der Reflexe von Leibern und Geistern.

Licentia poetica. Ich grüble nicht – weder über die Tragödie noch über die Strategie. Ich gehe zur Psychotherapie und wir grübeln alle über dasselbe: Was uns im Alter erwartet. Krankheit? Gebrechlichkeit? Stumpfheit? Alzheimer? Demenz? Und was besser ist – Krematorium oder Sarg? Bei den Kindern oder im Pflegeheim? Wir neigen eher zum Pflegeheim, Hauptsache auf angemessenem Niveau und mit Garten. Unbedingt mit Garten.

# 2009

MICHAŁ G., Student
Über die Unklarheit

Er ruft nicht an, weil er weiß, wonach ich ihn fragen will. Die Eltern fragen auch, aber er weiß es nicht. Er weiß es einfach nicht. Er könnte sowohl in die Kriminologie als auch in Political Sciences, weil er beide Fächer abgeschlossen hat, aber er weiß es noch nicht. Er könnte auch ein Regierungspraktikum machen, also was tun, erst das Praktikum oder erst den Master? Und warum eigentlich den Master? Und was halten wir – aber ganz ehrlich – von seinem Artikel in »Performance«? Und auf dem Bild, das er uns vom Ontario geschickt hat, sieht Misha aus, als hätte sie die Haare blond gefärbt. Aber sie hat nicht braunes Haar, das sie blond färbt, sondern umgekehrt blondes Haar, das braun gefärbt ist. Um aufs Studium zurückzukommen …

## ALPHABETISCHES VERZEICHNIS DER BRIEFAUTOREN UND GESPRÄCHSPARTNER

Leszek Allerhand
Ewa Andrzejewska
Barbara Biczowa
Halina Biernacka
Adam Boniecki
Ignatz Bubis
Monika Ceco
Jolanta Chełstowska
Jolanta Dylewska
Alina Edelman
Marek Edelman
Stanisław Elinson
Michał Gazda
Hanna Goldfeld
Wiesław Górnicki
Barbara Gumber
Józef Guterman
Krystyna Heska-Kwaśniewicz
Paweł Huelle
Natalia Janaszek
Anita Janowska
Zygmunt Kaczyński
Jan Karski
Krzysztof Kieślowski
Leszek Kołakowski
Jan Kott
Jadwiga Krall
Hanna Krall
Anna Krzan
Zofia Kucówna

Ola Kurczab
Wojciech Kuszko
Maria Lewińska
Włodzimierz Lubański
Tadeusz Machczyński
Zbigniew Marchlewicz
Teresa Martyka
Mateusz Matuszewski
Anna Mirek
Inka Musidłowska
Janina Nysenszal
Edwarda Pająkowa
Jerzy Putrament
Michał Radgowski
Mieczysław F. Rakowski
Paweł Różewciz
Jerzy Rybak
Franciszka Sawicka
Michael Schudrich
Stanisław Sieradzki
Michał Spandowski
Bolesław Szenicer
Jerzy Szperkowicz
Katarzyna Szperkowicz (später Gazda)
Lili Szynowłoga
Tzvetan Todorov
Wojciech Tochman
Jerzy Urban
Raisa Wajnberg
Jacek Woźniakowski
Andrzej Żółtowski

# ANMERKUNGEN

(Seite 11)
*Wetschernaja Moskwa* – Moskauer Abendblatt.
*Sejm* – Polnisches Parlament.

(Seite 12)
*ZK* – Zentralkomitee. Oberstes Entscheidungsgremium der polnischen Kommunistischen Partei.

(Seite 15)
*General Sosabowski* – Stanisław Franciszek Sosabowski (1892-1967), Befehlshaber der 1. Polnischen Luftlandebrigade der polnischen Exilarmee. Da er keine Pension vom polnischen Staat erhielt, arbeitete er nach dem Zweiten Weltkrieg bis zu seinem 75. Lebensjahr in England als Fabrikarbeiter.
*»Leisen Dunklen«* – (polnisch: *Cichociemni*) Fallschirmjäger der polnischen Exilarmee, die während des Zweiten Weltkriegs im besetzten Polen operierten.

(Seite 19)
*1968* – im März 1968 kam es nach Studentenunruhen zu einer antisemitischen (»antizionistischen«) Hetzkampagne, in deren Verlauf Tausende Juden ihren Arbeitsplatz verloren und das Land verlassen mussten.

(Seite 24)
*Praga* – Stadtteil von Warschau.

MIECZYSŁAW F. R. – Mieczysław F. Rakowski (1926-2008), Politiker und Journalist, 1957-1982 Chefredakteur der Wochenzeitschrift »Polityka«. Vertreter des Reformflügels der Kommunistischen Partei. Unter Jaruzelski stellvertretender Ministerpräsident. In seiner Regierungszeit begannen die politischen Gespräche am »Runden Tisch«.

(Seite 25)
*Aktiv* – Gruppe von Werktätigen in kommunistischen Gesellschaften, die die Arbeitsnormen übererfüllten.
*Desa* – staatliche Kunst- und Antiquitäten-Geschäfte.

(Seite 29)
*Urban* – siehe Hinweis Seite 53.

(Seite 33)
*Robotnik Warszawski* – Warschauer Arbeiter.
*Garwolin* – Ort südöstlich von Warschau, in dem sich eine psychiatrische Kinder- und Jugendanstalt und zugleich Drogenklinik befindet.

(Seite 34)
WŁODZIMIERZ L. – Włodzimierz Lubański (geb. 1947), polnischer Fußballspieler, bis zum Jahr 1974 Rekordnationalspieler. Wegen einer Verletzung durch ein rüdes Foul im WM-Qualifikationsspiel gegen England konnte Lubański nicht an der Weltmeisterschaft in Deutschland teilnehmen, bei der Polen den 3. Platz belegte.

(Seite 37)
MAREK E. – Marek Edelman (1919-2009), ehemaliger Kommandeur des Aufstands im Warschauer Ghetto, Kardiologe, aktives Mitglied in der Gewerkschaft Solidarność, die er 1989 am »Runden Tisch« vertrat, 1989-1993 Sejm-Abgeordneter.

(Seite 38)
*Społem* – staatliche Lebensmittelkonsumgenossenschaft.

(Seite 39)
*Sejmmarschall* – das höchste Amt im polnischen Parlament.
*Bierut* – Bołeslaw Bierut (1892-1956), hoher kommunistischer Politiker.

(Seite 41)
*Hala Gąsienicowa* – Alm in der polnischen Tatra.
*Jama Michalika* – Michaliks Höhle, beliebtes Café in Krakau.
*»Yvonne«* – »Yvonne. Die Burgunderprinzessin«, Komödie von Witold Gombrowicz.

(Seite 42)
*Niemen* – Czesław Niemen (1939-2004), populärer polnischer Rocksänger und Komponist.

(Seite 49)
*Wedel* – traditioneller polnischer Schokoladenhersteller in Warschau.
*Schuch-Allee* – Sitz der Gestapo in Warschau.

(Seiten 49, 55, 61, 65, 71, 108)
ADAM B. – Adam Boniecki (geb. 1934), Priester, Journalist und Schriftsteller, 1979-1991 Chefredakteur der polnischen Ausgabe von »Osservatore Romano« in Rom, 1999-2011 Chefredakteur von »Tygodnik Powszechny«.

(Seite 49)
ZYGMUNT K. – Zygmunt Karczyński (gest. 1986) hat über seine Untergrundarbeit in der Süßwarenfabrik Wedel nie öffentlich gesprochen. Nach Gesprächen mit ihm verfasste Hanna Krall 1978 die Erzählung »Schokolade für die Schuch-Allee« (in: »Hypnose«, Frankfurt 1997).

(Seite 50)
*Graue Reihen* – (polnisch: Szare Szeregi) Deckname der polnischen Pfadfinderbewegung im Zweiten Weltkrieg, die der polnischen Exilregierung unterstand.

(Seite 51)
*Rudy, der »Rote«* – Jan Bytnar (1921-1943), Mitglied der »Grauen Reihen«.

(Seiten 53, 80, 123, 158-160, 193, 192)
*Aufstand* – Warschauer Aufstand von 1944. Gescheiterter bewaffneter Aufstand unter der Führung der Heimatarmee (AK) und der polnischen Exilregierung gegen die deutschen Okkupanten. Die Aufständischen kämpften ab dem 1. August 1944. Nach 63 Tagen, innerhalb derer 200 000 Polen ums Leben kamen, brach der Aufstand zusammen. Große Teile der Bevölkerung wurden von den Deutschen deportiert und Warschau wurde nahezu völlig zerstört.

(Seite 53)
*Wlassow-Leute* – Angehörige der auf deutscher Seite kämpfenden russischen Division, die der 1942 zu den Deutschen übergelaufene General Andrei Wlassow aus russischen Kriegsgefangenen aufgestellt hatte.

(Seite 55)
WIESŁAW G. – Wiesław Górnicki (1931-1996), Journalist und Politiker, während des Kriegsrechts (1981-83) aktiv in Partei und Regierung.

(Seite 59)
JERZY U. – Jerzy Urban (geb. 1933), Publizist, Redakteur von »Po prostu« und »Polityka«, 1981-1989 Regierungssprecher unter Jaruzelski, 1989 Vorsitzender des Staatlichen Rundfunk- und Fernsehkomitees. Eigentümer des Satiremagazins »Nie«.

(Seiten 61, 65, 67, 112, 117, 120)
KRZYSZTOF K. – Krzysztof Kieślowski (1941-1996), international bekannter Filmregisseur und Drehbuchautor.

(Seite 65)
*»Tygodnik«* – »Tygodnik Powszechny« (Allgemeine Wochenzeitung), eine seit dem 24. März 1945 in Krakau erscheinende katholische polnische Zeitung.

(Seiten 66, 101 und 152)
*Kriegsrecht* – am 13. Dezember 1981 ausgerufener Ausnahmezustand, der bis 1983 währte; Reaktion auf die Unruhen in der Volksrepublik Polen, die durch die Forderungen der Gewerkschaftsbewegung Solidarność hervorgerufen wurden.

(Seite 71)
JERZY P. – Jerzy Putrament (1910-1986), Romancier, Erzähler, Publizist, Vizepräsident des polnischen Schriftstellerverbands, 1945-1950 im diplomatischen Dienst, 1952-1956 Sejm-Abgeordneter, 1964-1981 im ZK der Kommunistischen Partei.
*Schlacht bei Lenino* – Im Oktober 1943 wurde die polnische Volksarmee in schwere Kämpfe mit der deutschen Wehrmacht verwickelt und zog sich schließlich nach Smolensk zurück. Die polnische Volksarmee (polnisch: *Armia Ludowa,* AL) war von Stalin – ohne das Einverständnis der legalen polnischen Exilregierung – gegründet worden.

(Seite 75)
JACEK W. – Jacek Woźniakowski (geb. 1920), Kunsthistoriker, jahrzehntelang Publizist des katholischen »Tygodnik Powszechny« und Leiter des bedeutenden Krakauer Verlagshauses »Znak«.

(Seiten 79, 80, 85, 86)
JAN K. – Jan Kott (1914-2001), auf Shakespeare spezialisierter Theaterwissenschaftler, ab 1949 Professor für Literaturwissenschaft. 1957 trat er aus der KP aus und unterschrieb 1964 einen öffentlichen Brief gegen die Zensur. 1968 wurde er aus der Warschauer Universität ausgeschlossen. Er emigrierte in die USA und lehrte in Yale und Berkeley.

(Seiten 79, 163 und 190)
*Heimatarmee* – (polnisch: *Armia Krajowa*, AK) nationale Untergrundarmee im besetzten Polen, die der Exilregierung in London unterstand. Nach dem Krieg wurde die AK von der kommunistischen Führung diffamiert, ihre Führer wurden erschossen oder in sowjetische Lager verbannt.

(Seite 82)
*Egijn Gol* – Fluss in der Mongolei.

(Seite 83)
*Pomianowski* – Jerzy Pomianowski (geb. 1921), polnischer Literaturwissenschaftler und Schriftsteller.

(Seite 92)
*arische Seite* – der nach Errichtung des Warschauer Ghettos im Oktober 1940 »judenfreie« Teil Warschaus.
*Dibbuk* – nach jüdischem Volksglauben sündige Seele eines Toten, die als böser Geist von Lebenden Besitz ergreift.

(Seite 95)
*NKWD* – Volkskommissariat des Inneren, politische Geheimpolizei der Sowjetunion.

(Seite 97)
IGNATZ B. – Ignatz Bubis (1927-1999), Unternehmer, Politiker (FDP), 1992-1999 Vorsitzender des Zentralrats der Juden in Deutschland.

(Seite 100)
ALINA E. – Alina Edelman, auch Alina Margolis-Edelman (1922-2008), Ärztin, im Warschauer Ghetto als Krankenschwester tätig, Ehefrau von Marek Edelman, 1968 ging sie mit den gemeinsamen Kindern nach Paris.

*Gangrän* – Gewebsnekrose, auch Wundbrand genannt.
*Zomo* – paramilitärische Organisation der Volksrepublik Polen, die während des Kriegsrechts eingesetzt wurde.

(Seite 102)
*Bujak* – Zbigniew Bujak (geb. 1954), führender Aktivist der Solidarność, Arbeiter im Warschauer Traktorenwerk Ursus, in dem nach Verhängung des Kriegsrechts Widerstand geleistet wurde, später Sejm-Abgeordneter.
*Kulerski* – Wiktor Kulerski (geb. 1935), Historiker und Politiker, Solidarność-Aktivist, später Sejm-Abgeordneter und Staatssekretär im Kultusministerium.

(Seite 109)
PAWEŁ H. – Paweł Huelle (geb. 1957), Schriftsteller, aktiv in der Solidarność, nach der Wende kurzzeitig Intendant des Dritten Polnischen Fernsehens.

*Żwirko und Wigura* – Der Pilot Franciszek Żwirko und sein Copilot Stanisław Wigura gewannen 1932 den Internationalen Reiseflugzeug-Wettbewerb »Challenge«.

(Seite 113)
*Szczygiel* – Mariusz Szczygiel (geb. 1966), Reporter und Schriftsteller, Leiter der Reportageabteilung der »Gazeta Wyborcza«.

(Seite 114)
TZVETAN T. – Tzvetan Todorov (geb. 1939), französischer Schriftsteller und Literaturwissenschaftler bulgarischer Herkunft.

(Seite 115)
ANITA J. – Anita Janowska (geb. 1933), Pianistin, Soziologin, Schriftstellerin (unter dem Pseudonym Halina Sander).

(Seite 119)
JAN K-ski – Jan Karski (1914-2000), während des Kriegs Offizier und Kurier der polnischen Heimatarmee. Der studierte Jurist und Diplomat zählt zu den wichtigsten Zeugen des Holocaust (»Mein Bericht an die Welt«). Kam 1943 in die USA, wo er bis zu seinem Tod an der Washingtoner Georgetown-Universität Politikwissenschaft lehrte.

(Seite 125)
*Judenrat* – von den Nationalsozialisten eingerichtete Institution zur angeblichen Selbstverwaltung der Juden in den Ghettos, verantwortlich für die Durchführung der Weisungen der deutschen Besatzung.

(Seite 126)
*Britschka* – geräumiges Pferdefuhrwerk.
*Legionen* – Die Polnischen Legionen des Ersten Weltkriegs waren eine unabhängige Formation der k.u.k.-Armee.

(Seite 136)
*Korczak* – Janusz Korczak (1878-1942), Kinderarzt, Sozialpädagoge und Schriftsteller, der im August 1942 freiwillig mit einem Kindertransport seines Waisenhauses ins Vernichtungslager Treblinka ging.

(Seite 137)
*Umschlagplatz* – Gelände zwischen dem »jüdischen« und dem »arischen« Teil Warschaus. Vom dort gelegenen Güterbahnhof wurden ab 1941 Juden aus dem Ghetto nach Treblinka und in andere Vernichtungslager deportiert.

(Seite 141)
*Mazewa* – jüdischer Grabstein, der ein Jahr nach der Bestattung in einer besonderen Zeremonie gesetzt wird.
*Zaddik* – der Gerechte, religiöser Titel im osteuropäischen Chassidismus.

(Seite 142)
*Cheder* – traditionelle, jüdische Grundschule für Jungen vom vierten Lebensjahr an.

(Seite 144)
WOJCIECH T. – Wojciech Tochman (geb. 1969), Reporter und Schriftsteller. 2003 begab er sich auf die Suche nach der vermissten »Gazeta Wyborcza«-Reporterin Beata Pawlak.

*Beatas Name* – Beata Pawlak (1957-2002), bekannte polnische Journalistin, die am 12. Oktober 2002 auf Bali Opfer eines terroristischen Anschlags wurde.
*Imam Samudra* (1970-2008) – Indonesier, der für den Anschlag auf Bali für schuldig erklärt und im November 2008 hingerichtet wurde.

(Seite 152)
*Tuwim* – Julian Tuwim (1894-1953), einer der bedeutendsten polnischen Dichter des 20. Jahrhunderts. Neben einem umfangreichen lyrischen Werk verfasste er auch Kindergedichte, die sich bis heute großer Beliebtheit erfreuen.

(Seite 152)
EWA A. – Ewa Andrzejewska (geb. 1947), Architektin und Schriftstellerin. Während der Zeit des Kriegsrechts 1981-1983 aktiv im Untergrund tätig.

(Seite 153)
*Różański* – Josef Różański (1907-1981), Jurist, vor dem Krieg in der KP Polens aktiv, später NKWD-Offizier und nach dem Krieg Vernehmungsbeamter des Polnischen Geheimdienstes, der für seine Foltermethoden bekannt war; nach Stalins Tod 1953 wurde er verhaftet und saß sieben Jahre im Gefängnis.

(Seite 157)
STANISŁAW S. – Stanisław Sieradzki (1921-2009), Offizier der Heimatarmee, Teilnehmer am Warschauer Aufstand. Im November 1944 wurde er vom NKWD verhaftet. Um einer Verbannung nach Sibirien zu entgehen, trat er in die neugebildeten polnischen Streitkräfte ein. 1949 wurde er erneut durch den polnischen Sicherheitsdienst verhaftet und zu einer jahrelangen Gefängnisstrafe verurteilt, die erst im November 1976 endete.

(Seite 159)
*Berling* – Zygmunt Henryk Berling (1896-1980), polnischer General und Politiker, desertierte 1942 zur sowjetischen Seite und wurde 1944 von Sta-

lin mit der Leitung der polnischen Volksarmee beauftragt. Während des Warschauer Aufstands versuchte er, ohne Absprache mit dem Kreml, den kämpfenden Polen zu Hilfe zu kommen.

(Seite 169)
MICHAEL Sch. – Michael Schudrich (geb. 1955), wuchs in einer polnischen Emigrantenfamilie in New York auf, Studium der Religionswissenschaften. Seit 2000 ist er Rabbiner in Łódź und Warschau, im Dezember 2004 wurde er zum Oberrabbiner von Polen gewählt.

(Seite 170)
ZBIGNIEW M. – Zbigniew Marchlewicz, Sohn von Bronisław Marchlewicz (1899-1972), der für seinen heldenhaften Einsatz und seine Rettungsaktionen von Juden im Zweiten Weltkrieg 2009 posthum den Orden Polonia Restituta erhielt.

(Seite 171)
*Blaue Polizei* – die polnische Polizei im Dienst der Okkupanten trug dunkelblaue Uniformen.

(Seite 174)
*Miednoje* – russisches Dorf 200 km nördlich von Moskau, ursprünglich Erholungsstätte für den NKWD. Im Frühling 1940 wurden in den Wäldern von Miednoje ca. 6000 polnische Opfer des Massakers von Katyn vergraben. Die Offiziere und Zivilisten waren auf Stalins Befehl als »bourgeoise Feinde« des Kommunismus erschossen worden.

(Seite 175)
JOLANTA D. – Jolanta Dylewska (geb. 1958), Dokumentarfilmerin, Regisseurin, Kamerafrau, Drehbuchautorin, Professorin an der Filmhochschule Łódź.

(Seite 176)
*Katorga* – Strafe in Russland, bei welcher der Sträfling Zwangsarbeit zu leisten hatte.
*Schiwa* – siebentägige Trauerzeit gläubiger Juden, die unmittelbar nach dem Begräbnis beginnt.

(Seite 177)
*Tschekisten* – Angehörige der Tscheka, der 1917 gegründeten sowjetischen Staatssicherheitsorganisation zur Bekämpfung von Konterrevolution und Sabotage.

(Seite 184)
*Rjasanow* – Dawid Borissowitsch Rjasanow (1870-1938), sowjetischer Wissenschaftler, 1920-1939 Leiter des Marx-Engels-Instituts in Moskau, 1931 verhaftet und verbannt, 1938 wurde er im Rahmen der »Großen Säuberung« erschossen.

(Seite 185)
*Kostrzewa* – Wera Kostrzewa (1876-1939), Theoretikerin und Funktionärin der Kommunistischen Partei Polens (KPP). Nach 1929 lebte sie in der UdSSR, wo sie mit der gesamten KPP der Stalinschen Säuberung zum Opfer fiel. 1956 wurde sie rehabilitiert.

(Seite 186)
*Ozjasz* – Ozjasz Schechter (1901-1982), Journalist, kommunistischer Funktionär, 1934 als angeblich sowjetischer Spion verurteilt, ab den 60er Jahren Dissident, Vater von Adam Michnik.

(Seite 187)
*Barschtsch* – Rote-Beete-Suppe, traditionelles polnisches Gericht.

(Seite 188)
*Jasiek* – Figur in dem Theaterstück »Wesele« (Die Hochzeit) von Stanislaw Wyspianski (1869-1907), einem der wichtigsten Dramen der polnischen Literatur.

(Seite 188)
*Ordonówna* – Hanka Ordonówna (1902-1950), populäre Chansonsängerin, Tänzerin und Schauspielerin der Zwischenkriegszeit.